共和国故事

碧水青天

——十三陵水库施工建设与胜利竣工

王泽坤 编写

吉林出版集团股份有限公司

图书在版编目（CIP）数据

碧水青天：十三陵水库施工建设与胜利竣工/王泽坤编. —

长春：吉林出版集团股份有限公司，2009. 12

（共和国故事）

ISBN 978-7-5463-1759-5

Ⅰ. ①碧… Ⅱ. ①王… Ⅲ. ①纪实文学 – 中国 – 当代 Ⅳ. ①I25

中国版本图书馆 CIP 数据核字（2009）第 237766 号

碧水青天——十三陵水库施工建设与胜利竣工

BISHUI QINGTIAN　　SHISAN LING SHUIKU SHIGONG JIANSHE YU SHENGLI JUNGONG

编写　王泽坤

责任编辑　祖航　宋巧玲

出版发行　吉林出版集团股份有限公司

印刷　三河市嵩川印刷有限公司

版次　2010 年 1 月第 1 版　　　　　2022 年 1 月第 10 次印刷

开本　710mm × 1000mm　1/16　　　印张　8　字数　69 千

书号　ISBN 978-7-5463-1759-5　　　定价　29. 80 元

社址　吉林省长春市福祉大路 5788 号

电话　0431 – 81629968

电子邮箱　tuzi8818@126. com

版权所有　翻印必究

如有印装质量问题，请寄本社退换

前　言

　　自 1949 年 10 月 1 日中华人民共和国成立至今,新中国已走过了 60 年的风雨历程。历史是一面镜子,我们可以从多视角、多侧面对其进行解读。然而有一点是可以肯定的,那就是,半个多世纪以来,在中国共产党的领导下,中国的政治、经济、军事、外交、文化、教育、科技、社会、民生等领域,都发生了深刻的变化,中国人民站起来了,中华民族已屹立于世界民族之林。

　　60 年是短暂的,但这 60 年带给中国的却是极不平凡的。60 年的神州大地经历了沧桑巨变。从开国大典到 60 年国庆盛典,从经济战线上的三大战役到经济总量居世界第三位,从对农业、手工业、资本主义工商业的三大改造到社会主义市场经济体制的基本确立,从宜将剩勇追穷寇到建立了强大的国防军,从废除一切不平等条约到独立自主的和平外交政策,从“双百”方针到体制改革后的文化事业欣欣向荣,从扫除文盲到实施科教兴国战略建设新型国家,从翻身解放到实现小康社会,凡此种种,中国人民在每个领域无不留下发展的足迹,写就不朽的诗篇。

　　60 年的时间在历史的长河中可谓沧海一粟。其间究竟发生了些什么,怎样发生的,过程怎样,结果如何,却非人人都清楚知道的。对此,亲身经历者或可鲜活如昨,但对后来者来说却可能只是一个概念,对某段历史的记忆影像或不存在,或是模糊的。基于此,为了让年轻人,特别是青少年永远铭记共和国这段不朽的历史,我们推出了这套《共和国故事》。

《共和国故事》虽为故事,但却与戏说无关,我们不过是想借助通俗、富于感染力的文字记录这段历史。在丛书的谋篇布局上,我们尽量选取各个时代具有代表性或深具普遍意义的若干事件加以叙述,使其能反映共和国发展的全景和脉络。为了使题目的设置不至于因大而空,我们着眼于每一重大历史事件的缘起、过程、结局、时间、地点、人物等,抓住点滴和些许小事,力求通透。

历史是复杂的,事态的发展因素也是多方面的。由于叙述者的视角、文化构成不同,对事件的认知或有不足,但这不会影响我们对整个历史事件的判断和思考,至于它能否清晰地表达出我们编辑这套书的本意,那只能交给读者去评判了。

这套丛书可谓是一部书写红色记忆的读物,它对于了解共和国的历史、中国共产党的英明领导和中国人民的伟大实践都是不可或缺的。同时,这套丛书又是一套普及性读物,既针对重点阅读人群,也适宜在全民中推广。相信它必将在我国开展的全民阅读活动中发挥大的作用,成为装备中小学图书馆、农家书屋、社区书屋、机关及企事业单位职工图书室、连队图书室等的重点选择对象。

编　者
2010 年 1 月

一、 决策规划

- 1954 年初春，政务院总理周恩来到十三陵地区视察时说："十三陵这个名胜古迹，是外宾必游之地，有山无水是一大遗憾，若能修个水库有个大的水面，那就更美了。"

- "机关指挥部"由国务院机关事务管理局"劳动办"改编组建，任民同志为负责人，北京市公安局的张瑞祥同志任副指挥。

- 1958 年 2 月 9 日上午，朱德在凛冽的寒风中来工地视察，关心地询问了工程情况，坝多高、多长，还勉励大家说："这么大的工程，要努力，再努力！"

周恩来指示修建十三陵水库

1954 年初春，政务院总理周恩来到十三陵地区视察时说：

> 十三陵这个名胜古迹，是外宾必游之地，有山无水是一大遗憾，若能修个水库有个大的水面，那就更美了。

同年夏天，水利部副部长李葆华向北京市有关领导传达了周恩来的这个指示。

1957 年 12 月 26 日，北京市市政工程设计院提出十三陵水库设计方案。

1958 年 1 月 4 日，北京市委批准了市政工程设计院提出的水库初步设计方案。

1 月 12 日，北京市委决定，成立"十三陵水库修建总指挥部"，由农村工作部部长赵凡担任总指挥，副总指挥是贺翼张和张俊仕。同时决定，水库工程于 1958 年 1 月 21 日正式开工。

正如周恩来所说，十三陵是我国的著名古迹。

十三陵是中国明朝皇帝的墓葬群，坐落在北京西北郊昌平区境内的燕山山麓的天寿山。

十三陵总面积120余平方公里，距离北京约50公里。十三陵地处东、西、北三面环山的小盆地之中，陵区周围群山环抱，中部为平原，陵前有小河曲折蜿蜒，山清水秀，景色宜人。

十三座皇陵均依山而筑，分别建在东、西、北三面的山麓上，形成了体系完整、规模宏大、气势磅礴的陵寝建筑群。明代人认为，这里是世间胜境，是绝佳吉祥之地，因此被当朝选为营建皇陵的"万年寿域"。

但是，十三陵地区是一个盆地，在过去，每遇夏季暴雨，山洪暴发，滔滔洪流直泄东山口，从东沙河一直泄入温榆河。两岸的村舍、农田经常被毁，群众总是遭受严重损失。往往洪水过后，这里又变成一望无际的卵石沙滩，无水缺水，一片枯干。

特别是经过了多年的荒废，这里已经失去了原有的风采。重塑十三陵地区的美好面貌，是新中国百废待兴的举措之一。

1957年，我国农村社会主义改造任务基本完成，广大农民建设社会主义的积极性普遍高涨。

9月24日，中共中央、国务院发出《关于今冬明春大规模地开展兴修农田水利和积肥运动的决定》。

9月25日，《人民日报》公布了中共中央、国务院《关于今冬明春大规模地开展兴修农田水利和积肥运动的决定》。

"决定"要求根据农田水利条件，切实贯彻执行小型为主，中型为辅，在必要和可能的条件下兴修大型工程的水利建设方针；要根据各地不同条件和现有经验，做好水利建设规划；要加强领导，党政负责同志亲自动手等。

"决定"发出后，全国范围内很快形成了群众性的农田水利建设高潮。它就像一股春风，吹醒了祖国大地；像动员令，激励着千军万马，奔赴农田水利建设的战场。

中共昌平区委认真讨论了中央的决定，并根据群众的呼声，提出了修建十三陵水库的计划。一个只有20多万人口的昌平区敢于倡议修建这样大的工程，反映出当时首都人民在建设社会主义高潮中敢想敢做的新风貌。

自从周恩来提出修建十三陵水库，水利部副部长李葆华向北京市有关领导传达了周恩来的指示后，就开始了十三陵水库的设想和修建规划。

北京市成立水库修建指挥部

1958 年 1 月 4 日，北京市委批准了修建方案。12 日，成立"十三陵水库修建总指挥部"。

1 月 20 日，北京市人民政府办公厅向国务院反映，修建十三陵水库每天尚缺工 1 万人，希望中央国家机关能以参加义务劳动的方式给予支援。

1 月 21 日，十三陵水库修建工程正式破土动工。

其实，在正式动工之前，已经参加建设的人员有昌平民工 8000 余人和义务劳动大军约 2000 人，共 1 万余人。这些劳动大军自带行李、粮食和炊具，从四面八方来到工地。当时正逢天寒地冻，又缺乏施工经验，加之施工机械少、单凭人工运土上坝工效不高，虽然干部、民工劳动热情高涨，但施工进度缓慢。

1 月 21 日，国务院副秘书长齐燕铭指示由国务院机关事务管理局负责牵头承办此事。

国务院机关事务管理局接到任务后，随即组织了一个临时机构，即"国家机关义务劳动办公室"，由原交际处副处长任民同志为负责人。

国务院机关事务管理局为"劳动办"配备了一辆吉普车，"劳动办"就迅速进入前期的准备工作。

"劳动办"人员白天到北京市委接洽工作事宜，到水

库工地了解情况、领受任务、察看劳动场地、安排住房等，晚上开会研究方案，排列各单位出工时间顺序表等。

"劳动办"人员还与财政部门协商出工补贴问题，与粮食部门研究制定粮食供给问题，还有电话通讯、劳动工具、照明设备、医疗救护、广播网站、宣传报道等，简直样样都想到做到了。

在当时，由于时间紧、任务重，工作人员每天都工作到深夜，他们常常在办公室过夜。

十三陵水库正式动工后，参加建设的各路大军纷纷开赴工地，有北京各县组织的民工、北京市县的机关干部、北京院校的学生、北京市商业系统的职工和驻京部队等。

为了尽快落实国家机关各部委的劳动队伍进驻水库工地，国务院副秘书长齐燕铭及时在中南海召集中央国家机关各部委办的主要负责人开会，亲自动员部署。

会议按照"劳动办"提供的报表下达任务，提出要求。会后，各单位立即行动起来。

2月3日，"劳动办"的三位同志带上简单的行李，坐上吉普车，正式进驻水库工地办公。

在当天，率先开进工地的是水利部的300余名干部职工。

这天下午，任民同志等去水利部驻地看望大家，一方面向他们表示慰问，一方面征求意见，搞调查研究。

当时，任民看到有的干部职工从家里带来两台缝纫机，专门成立了缝纫组，为大家搞后勤服务。任民认为这个方法很好，可以推广，便让随行人员把了解到的这些情况一一做了记录。

晚上，任民召集开会，提出了一个方案：由于水库周边已被数万民工的工棚、部队的帐篷围满，机关干部的劳动大军只能驻扎在昌平县城。从前期号房的情况来看，安排食宿困难很大，根据水利部的经验，可要求后续各单位自行到昌平联系对口单位解决食宿以减轻"劳动办"的工作压力。再有就是"劳动办"负责安排的住所，规定每人占地面积长为 2 米、宽为 0.9 米，有条件的可自备床，没有床的一律睡地铺。

随后几天里，各部委按规定的时间陆续组织劳动队伍开进了工地。"劳动办"将国家机关劳动队伍按地域、系统分别组建了 13 个大队、75 个中队、129 个小队，各单位都有几个局、处级领导担任大队长或中队长之职，并且长驻工地直到本部门、本系统的轮换劳动结束，最后撤离工地。

从 2 月 3 日到 6 月 30 日的 5 个月中，国家机关的劳动大军承担了水库工地建设中 50 余项工种和施工任务。其中包括修建大坝的两侧护坡、漏水坝、坝顶公路、环湖公路等主建工程和清除草皮、修整道路、采料备料、装运土石等辅助工程。

国家机关共动员参战的有 358 个单位，8.6 万多人，共完成 96 万多个劳动日，为十三陵水库的建设作出了巨大贡献。

经十三陵水库工程总指挥部研究决定，为了便于领导统一指挥，由中央国家机关、中共中央直属机关和北京市党政机关，于3月5日共同组成"十三陵水库建设机关指挥部"，具体负责施工队伍的组织、协调和工程事项。

"机关指挥部"由国务院机关事务管理局"劳动办"改编组建，任民同志为负责人，北京市公安局的张瑞祥同志任副指挥。这样，原来的"劳动办"又改成了"机关指挥部"，工作任务自然也就更重了。

组织科研人员制订修建规划

1958 年 2 月 9 日上午，朱德在凛冽的寒风中来工地视察，关心地询问了工程情况，坝多高，多长，还勉励大家说："这么大的工程，要努力，再努力！"

根据中央决策部署和指挥部规划设计，十三陵水库大坝建在东山口，蟒山和汉包山之间。坝长 627 米，坝底宽 179 米，顶宽 7.5 米，高 29 米，为黏泥土斜墙式大坝。大坝主体工程总量需 231 万立方米土石。

这么大的工程，能不能在洪水到来之前完成，这一关键性的问题牵动着所有人的心。所以，工程一开始就得到了党中央领导的重视。

全部工程设计由北京市市政工程设计院和水电部北京勘测设计院承担。工程开工后，设计人员赶赴现场，边勘察、边设计，夜以继日地进行设计，终于圆满完成了设计任务。

3 月 29 日下午，周恩来到十三陵水库工地视察，听取关于工程进展情况的汇报，并向指挥部负责同志转告毛泽东的话：

改良工具是技术革命的萌芽，推荐安徽用车子推土的办法，比肩挑好。

为赶在汛期到来之前完成筑坝任务，北京市委决定发动全市工、农、兵、学、商各方面力量参加义务劳动，共建十三陵水库。此后参加水库施工劳动的人数日渐增多，至 5 月，每昼夜达 10 万人。在这支劳动大军中，人民解放军是施工的骨干和主力。

为适应工地建设需要，工程总指挥由解放军罗文坊少将担任，北京市农委书记赵凡担任政委。参加劳动的全体人员日夜奋战，积极改良工具，改善施工条件，改进操作方法，大搞技术革新，于是很快施工进度就有了明显加快。

二、 八方支援

● 毛泽东鼓励她说:"应该向九兰组学习,工地上要多出现一些九兰组就好!"

● 周恩来对他们说:"在这里劳动没有总理和部长的职务,大家都是普通劳动者!"

指挥部用高效措施修建水库

1958 年 1 月 21 日，在隆隆的开山炮声中，修建十三陵水库破土动工了。

这是个非常伟大而艰巨的水利工程，它从开工到完工，需要填筑 150 多万立方米的土沙，开凿 10 万多立方米的坚石，铺设 400 多米长的输水管道和建造 22 米高的进水塔，但勤劳智慧的劳动人民仅仅用 140 天就把主要工程基本完成了。

为何水库建设者们能在这么短的时间内完成这么大的工程量？除了大家的努力和各方的支援，还要归功于指挥部紧密结合劳动人民的实践活动所制定出的一系列高效的修建措施。

150 多万立方米土沙填筑不是一件轻而易举的事。

把 1 立方米约 1500 多公斤的沙土从远在三五公里以外的河滩中或高地上，经过清理、开挖、装车、运行、卸车，然后运到 20 多米高的坝身上去，再用各式各样的碾压和夯实机械，压实到规定的一再试验证明合格的密实程度，实在不简单。

十三陵水库工地每天填筑压实的土沙，有 3 万到 5 万立方米，这 5 万立方米的压实土料，就需要 8 万立方米松土，从平均 4 公里的远处运到坝身上来，如果一个

人一次挑 50 公斤，那么就需要挑 1000 年，1000 人来挑也得挑一年，可是在工地上只要一天的时间。

这不能不说是劳动人民的伟大，群众智慧的伟大，他们努力想办法，大胆地想，大胆地干，大胆地打破常规，提出了成千上万的合理化建议，产生了许多发明创造。

一切困难都在几十万劳动人民面前低了头。用铁斗车运输，开始是用人工来推，由于车子不够灵活，往往要三五个人推一车，而且推得不能过多，速度也不能太快，距离更不能太远，结果是人累，效率低。一个车一班推一公里左右，最多也不过完成 3 立方米多，平均一个人还不到 1 立方米。

怎么办呢？加车加人挤不开，三五个车编一组推不动。要完成更多的任务，必须想办法。

是不是可以用机械拉呢？以前也有过用小火车拉的，可是眼前又没有小火车头，就是有，在这样的轨道和枕木上也走不了。难道不能用汽车拉么！能不能在轨道上、路基上走汽车呢？汽车和斗车怎样连接呢？能拉几个车呢？

指挥部集合大家的力量终于解决了这一系列的问题。汽车拉斗车先是拉 5 个、8 个、12 个，一直拉到 20 多个；先是装半车、满车，后来满车上又加装木斗。

就这样，一条轻便铁路每天可以运土 5000 多立方米，而且大大节省了人力，提高效率六七倍。

修过水库的人或修过公路的人，谁也不相信汽车能拉着几吨的土，甚至还拉着4个拖斗，爬上28米高的大坝。坡是那样地陡，弯是那样地急，坝面是那样地窄，而且上面还有很多的碾压机械和铺土、筛土工人。但是，不相信是一回事，而事实却是不容否认的。

这种情景夜间看来最壮观，那汽车爬高再爬高、转弯再转弯，一个接着一个，接连不断地把沙和土直接由料场送到大坝上去，这样不知节省了多少用人力转运的工作。

工地上沙砾料的击实是用2吨夯板来进行的，一次铺沙厚度开始不过才60厘米，后来增加到80厘米、1米、2米，最后终于打破常规，把沙料一次铺4米厚，多加水，夯两遍，达到设计要求，保证了工程质量并使速度加快了50%。

这样大规模的水库工程，从勘探、设计、准备、施工到基本完工，仅仅140天，要按常规来说也是不可能的事。

在这里，这四项工作是齐头并进的，就是一面勘探和设计，同时又一面准备和施工。

当然，这里面有一定的困难，比如：没有设计，不知道工程量，不好做计划和准备工作；准备不好，施工上会遇到临时改变措施的事情。

但是，这些困难都被一一克服了。主要是先有设计草案，再进行勘探，有了草案就可以进行大致准备的工作。例如料场、电路照明、运输线路、清理基础等。

随着工程的进行，逐步补足技术设计，同时也修正施工准备和施工方法。只要设计和施工协调打破界限，如定线、放桩、测量等，这些问题都不再会影响施工的进展了。

设计方面可谓不厌其烦，随时根据工程进展和实际情况来修正设计。施工方面也不怕麻烦，按新的变更设计改变施工方法和措施。这样对工程整体说来都有好处。

另外，指挥部把局部设计搞出来后，即马上向施工者交底，也减少了施工和时间上的困难。

毛泽东等中央领导题词

十三陵水库工地上出现了多少创造奇迹的英雄，传扬着多少动人心弦的事迹，就像工地上彻夜的灯火和满天的星星，数也数不清。可是，没有哪一件事比得上这天大的喜事激动人心：

1958年5月25日，战斗在工地上的10万劳动者在突破日上坝5万立方米的战斗中，迎接了自己敬爱的领袖的来临！

5月25日这天，工地指挥部接到通知，在北京召开的党的八大二次代表大会结束了，参加会议的党中央领导和代表们要来水库参加劳动。

指挥部立即组织各部、办，做好准备工作。指挥部的人们都忙起来了，心里想一定是毛主席要来，就在现在建成库史陈列馆的墩台上，各自忙忙碌碌地做着准备工作。

据当年的工作人员刘中庆回忆说：

1958年5月24日凌晨1时多，我突然被一阵急促的敲门声惊醒。开门一看，北京市交通局局长王镇武和交通局副局长兼首汽公司经理苏铤站在门外。王局长说："快穿衣服，到公司再详细说。"到公司后，王局长讲：我们刚刚从市委第二书记刘仁同志那里领到任务，中央决定明天（25日）下午毛主席和中央领导乘坐首汽的大轿车去十三陵水库参加劳动。市委领导指示，要精心组织，确保行车安全，做到万无一失。我们根据中央领导的需要准备了6辆大轿车，还特意增加了1辆备用车。为了保证任务的圆满完成，我们派出了公司当时最好的斯柯达大轿车。其中还有一个小插曲：我向王局长汇报，25日公司大轿车已经全部安排学生春游。王镇武局长命我立刻到公共汽车公司找高峰经理，把学生春游任务交给他们，将首汽的车立刻抽回来，并由苏铤同志点名挑选司机。当晚，王局长坐上由一场团总支书记杨其元开的大轿车，连夜去十三陵验路。

　　25日早晨，我将车间主任高守仁同志找来，派他负责组织保修工人对7辆大轿车进行细致的检查，特别是制动系统和油电路更要认真检查。苏铤同志召开司机座谈会进行动员，讲清任务、提出要求和注意事项。将车辆顺序编了号，王镇武局长作了布置：苏铤坐1号车在前边，我和高守仁坐7号备用车，并交待我的任务是负责前后联系。14时30分，车队开到中南海怀仁堂门前，1号车停在怀仁堂门口，6号车停到靠湖边的门口。司机把车门都打开，以方便领导从怀仁堂出来上车。15时，中央领导从怀仁堂出来上车。毛主席从中南海过来，直接迈上了6号大轿车。刘少奇委员长、周恩来总理、朱德总司令都上了1号车。

5月26日，王镇武局长来电说，中办对首汽完成的此次任务非常满意，特意提出表扬。

毛泽东率领全体中央委员到工地参加劳动这个消息最初是保密的。直到当天14时左右，才由指挥部宣传处处长宣布了这条消息。

15时，6辆汽车在初夏的阳光中开进了总指挥部门前的广场，这6辆车并没有引起人们的特殊注意，因为每天都有许多人从四面八方坐车来这里参加劳动，来参观访问。

突然，传来一个惊喜的声音：

啊，毛主席来了！

紧接着，一位女同志使劲高喊：

毛主席万岁！

周围的人如梦初醒似的，顿时，欢呼声、鼓掌声响彻四方。大家都高喊：

毛主席万岁！

是的，毛泽东同党中央的全体委员和省、市委书记同志们到十三陵水库参加义务劳动来了！

毛泽东站在人群中间，满脸笑容，不断地向大家招手致意。

紧跟在毛泽东的后面，邓小平同志和其他党的领导人也陆续地下了车。他们身着粗布衣、头戴大草帽、脚穿圆口布鞋，来和大家一起进行移山造海、修建水库的劳动。

他们在工程负责人杨成武、赵凡、罗文坊等人的引导下，首先来到指挥部一座普通的木板工棚里听取总工程师纪常伦介绍水库建设的工程方案及进度情况，观看十三陵水库模型沙盘。

时值初夏，天气炎热，低矮的工棚挤进很多人，大家头上都冒了汗。毛泽东、周恩来坐在用木板钉成的凳子上认真地听取汇报。

接待室里，毛泽东和领导同志们站在水库模型的周围仔细地观看着。

"大坝在什么地方？"毛泽东亲切地问。

"就在这后山坡下面，离这儿很近。"水库工地总指挥罗文坊回答说。

"大坝到了 20 米没有？"毛泽东关心着大坝的高度。

"再过几天就差不多了。"站在一旁的杨成武同志回答着。

这时，罗文坊总指挥兴奋地向毛泽东和党的领导同志们说："近来水库工程进展很快，前几天每天上坝 3 万立方米，接着又提高到 4 万立方米，昨天沙土上坝突破了 5 万立方米，坝身最高的地方已经超过了 20 米!"

毛泽东点头微笑着，称赞说："坝长得真快呀!"

接着，朱德关切地问："坝要多高才能挡住洪水呢?"

杨成武同志回答说："20 米就可以了!"

毛泽东又问："水库蓄水后，会不会淹掉村庄呢?"

"会淹掉一部分村庄，"杨成武同志回答说，"但是对这些村庄已经作好了安排。"

毛泽东满意地点了点头，说："很好!"

这时，聚集在周围的群众，静静地听着、细细地想着领袖的问话，在每一句简单的问话里，包含着多少领袖对水库工程、对群众生活的关怀啊!

很快，毛泽东、全体中央委员和各省、市委书记来水库工地参加劳动的消息，像春风一样传遍了整个工地。

距工地 3 公里多地的朝凤庵村，有评剧团正在进行慰问演出，演员已经化好了妆。听说毛泽东来劳动了，观众立即奔向工地。

那些身上穿着戏装，脸上涂着油彩的演员，也向工地奔来欢迎毛泽东。

在沸腾的人海和震耳的欢呼声中，毛泽东和党的领导同志们走进工地，登上了大坝东面的墩台，视察了工程的全貌。

随后，毛泽东和其他领导同志回到了现场指挥所会议室，杨成武同志向毛泽东汇报了水库修建的工程情况。

毛泽东一面听，一面频频点头。

这时候，一个结着两条长辫子的姑娘，看到毛泽东满脸是汗，很小心地把一块面巾递给毛泽东。

毛泽东注视了一下这个姑娘，边擦汗边亲切地问她："你叫什么名字？"

"我叫王慧兰。"年轻姑娘回答说。

"啊，王慧兰！那你是九兰组的吗？"

人们都以惊异的眼光彼此看了看，好像在说：毛主席对我们工地真熟悉啊！

"不是，我不是九兰组的。"姑娘红着脸说。

毛泽东笑着说："你去就是'十兰子'了。"

"应该向九兰组学习，工地上要多出现一些九兰组就好！"毛泽东鼓励她说，同时也是鼓励整个工地的人们。

不一会儿，指挥部的一位女同志，拿来了纸笔墨砚，请毛泽东、刘少奇、周恩来和朱德题词，毛泽东一面拿起了笔，一面谦虚地说：

"题什么词呢？"

毛泽东提起笔来，蘸饱墨，写下了 5 个大字：

十三陵水库

接着，刘少奇题词：

　　劳动万岁！

周恩来题词：

　　鼓足干劲、力争上游、多快好省地建设社会主义！

朱德题词：

　　移山造海，众志成城！

毛泽东率中央委员参加劳动

下午，风沙扑面，天气闷热，毛泽东穿过沸腾的人群，来到土坝东段参加劳动。

最幸福的时刻来到了，17 时 30 分，毛泽东熟练地拿起铁锹，迅速地把黏土装进柳条筐内，一筐筐的土运走了，填筑在那降服洪水的大坝上。

不一会儿，毛泽东脱掉了外衣，摘掉了草帽，继续铲土。

在四周围观的农民、士兵、学生、干部群情激奋，热烈鼓掌，许多同志流下了激动的泪水。

成千上万的群众被领袖的劳动热情深深地感动了。

农业社的社员门玉丰高兴地含着眼泪说：

> 过去的皇帝强迫人民替他们修陵墓。
>
> 今天，共产党领导我们修十三陵水库，多打粮食改善人民生活。
>
> 毛主席还亲自来和我们一起劳动，我们真是太幸福了！

毛泽东劳动后，刚放下铁锹，战士余秉森就马上脱下一件衣服，把它包起来，他激动地说：

我要把这把锹好好保管起来，以后一看到这把锹，就会想起毛主席，我的干劲就会增加几千斤！

在小孤山下，忽然响起了一阵欢呼声。

原来在小孤山下，敬爱的毛主席和邓小平及很多中央委员们，正和社员一起，在紧张地铲土挑筐。

刘少奇先拿着铁锹平土。

后来，当毛泽东在小孤山上休息的时候，看见钢铁突击队的队员们正在打夯，就兴冲冲地走下山来，对他们说："我也算一个好吗？"

队员们一看是毛泽东要打夯，高兴极了。他们争先恐后地回答说："好啊！"

于是，毛泽东就拿起夯绳和队员们一同唱着夯歌打起夯来。

突然，天下起雨来了，大家都劝毛泽东休息。

毛泽东说："你们战胜了冰天雪地，现在下点雨算什么。"说着，继续和大家一起干活。

周恩来穿着一身灰色制服，正在埋头干。他在平土时，不但把土弄得很平整，而且还用铁锹把土打紧。平了土，他又去参加接力传筐。

装筐的同志装得少了一点，他笑着说："都装得这么少，大坝什么时候才能长起来呢！"

毛泽东看见4位女尖兵正在挑沙，他立即走过去笑着对她们说："我跟你们挑行不行？"

女尖兵们高兴地一齐说："行！"

毛泽东拣起一副满筐就挑走了，边走还边问她们的姓名年龄。

接着毛泽东敞开上衣，俯着身子，拿着铁锹平土。土平得又匀又细，赢得了大家的称赞。

平完土以后，毛泽东又去挑土，并且要挑满筐，不满不走。

很多人在旁边都看呆了。

邓小平，李井泉，所有的中央委员，省、市委书记和社员们在一起，一会儿平土，一会儿挑土，大家都满头大汗，但还是干得十分起劲。

小孤山下锣鼓喧天，歌声嘹亮。高等学校的一群学生敲着锣，打着鼓，天真地跟在挑筐的首长们的后面，边舞边唱，把首长们都逗笑了。

彭德怀同志一边铲土，一边微笑。

贺龙同志也干得特别起劲，他挑着山头一样的满筐，和那些边舞边唱的学生在一起，小跑起来了，不到10分钟他就挑了8趟。

白发苍苍的董必武、吴玉章、徐特立、谢觉哉等，笑容满面，显得特别年轻有力，他们不断地干活，累得满头大汗也不肯休息。

有一位同志拿一条板凳走到徐老面前，请他坐下休息一会儿，徐老摇摇头说："不要坐！"

他看到挑土的路上摆着一堆衣物，妨碍走路，就马上走过去把衣物拿开了。

在东段有一个高大的人和战士一起抬大筐，战士们用怀疑的眼光看着他，并且互相询问："哪里来的这么一个工人啊！"后来一打听，才知道是叶剑英元帅。

战士们都为能和元帅一起劳动而心花怒放。

小孤山的西面，有两个人肩并肩地开展起了挑土竞赛。原来他们是在抗日战争期间领导开辟陕北南泥湾大生产的王震同志和王恩茂同志。

王震同志看见了拖拉机就忍不住跑过去。他将拖拉机开得又快、又稳，连司机都惊叹不已。

休息时，水库工地政委赵凡同志陪同中央首长登上了水库东墩台，观看工地全景。

只见一座高高隆起的大坝展现在眼前。

赵凡向毛泽东、周恩来等中央首长介绍说："这条大坝高 29 米，现在有的地方已筑到 23 米了。"

毛泽东问："什么时间能够建成？"

赵凡略一思索，坚定地回答说："报告主席，我们一定在 7 月 1 日前竣工，向党的生日献上一份厚礼。"

毛泽东、周恩来等中央领导听后都满意地笑了。

18 时 20 分，太阳从西边的云缝中，发射出一道一道的金光，使整个工地分外壮丽。

毛泽东、全体中央委员和各省、市委书记同志登上

了汽车，成千上万的群众依依不舍地送走了他们。

这时，工地上的机器响得更欢了。

"一定要提前修好十三陵水库"的口号声，响彻了山谷，响彻了云霄！

领袖们的劳动，就像给沸腾的工地加上了一大把柴，劳动热情到了沸点，高山迅速地低下了头，温榆河水安静地从引河流过，高耸的大坝飞快地向着胜利的高度升去。

当时有人写了诗歌：

东风把红旗漫卷，

红光染亮了蟒山。

毛主席来到了这里，

山河改变了容颜。

人们亲切地谈论，

在地头，在田边，

幸福的时刻永远难忘。

看到毛主席那么健康，

他的笑声还在，

铁锹上留下了他的温暖。

看今夜拦河大坝，

将猛增三尺三。

毛泽东和党中央领导人来工地劳动，极大地鼓舞了

10 万名水库建设者。

当天的大坝土方建筑量达到 5.1 万立方米，创施工以来的最高纪录。

指挥部根据当时群众的劳动热情，提出号召："七一"前夕，不仅要修完水库，而且要把水库修建得更加漂亮，向党的生日献礼。

周恩来亲擎队旗参加义务劳动

1958 年 6 月 12 日，周恩来在给毛泽东的报告中写道：

> 昨晚尚昆转达主席关于组织政府部长们去十三陵工地参加一周劳动的指示，今天已在进行布置。

6 月 15 日，周恩来亲率中央国家机关和中央直属机关的干部职工 500 余人组成的第一批劳动队伍，开赴水库工地。

在这支队伍中，有部长 6 人，副部长、副主任 64 人，部长助理 50 人，司局长 174 人，中直机关的领导 39 人。

国务院机关事务管理局局长高登榜同志也带领本局机关干部职工 100 余人，加入了这支队伍。第二批由刘冀平副局长带队。

出发前，周恩来身边的工作人员建议，是不是带一位医生一道去。

周恩来说："到了工地，一点儿也不能特殊。参加水库建设的，有工人，有农民，有解放军，有广大干部，他们就不生病？不用说经过劳动，我们的身体会更好，即使有点毛病，应该和大家一样，请工地的医生同志看看就是了！"

15 时左右，周恩来、习仲勋、罗瑞卿等领导同志及500 余人的劳动队伍，顶着烈日从昌平县城的工程兵技术学校步行 3 公里多地，来到了大坝前的机关指挥部门口。

工地上一下子又沸腾起来，许多群众跑过来夹道欢迎周总理及机关领导干部组成的劳动队伍。

周恩来一到工地，马上打听工地的作息时间和各项制度，并嘱咐身边工作人员说："到了这里，一切都要按这里的规矩办事。"

这时，队伍中传接过来一面旗帜，上面写有"机关第四支队"几个大字。很快，红旗传到了周恩来手中。让人看着心慌的是那根大旗杆又粗又高，快有 6 米长了。

小赵同志事过多年再提起旗杆的事时，还一脸懊悔地说："当时谁想到周总理会亲自打旗呀！就这么一根杆子，还是我跑了好几个地方，最后在附近一家山货铺的后院找到的。"

工程指挥部负责人在开工前给领导们分配任务，宣布劳动中应注意的事项。

负责人一开始心情有点紧张，他们说："我们欢迎首长同志们。"

周恩来对他们说："在这里劳动没有总理和部长的职务，大家都是普通劳动者！"

王震坐在周恩来身旁，也对负责人说："现在你是首

长，我们是你的部下。"

在劳动中，周恩来有时推车向坝上运石料，有时汗流浃背地挑土、铲土，有时和同志们一起肩并肩地排成长龙传递石头、土筐。

周恩来对同志们说，什么样的活儿他都要学，也都要干。

在周恩来的表率作用激励下，第四支队的劳动者们特别能战斗，劳动效率非常突出。

他们的平均年龄为45岁，其中不乏一些战功卓著的老红军、老八路、老英雄，许多人的身上至今还残留着敌人的弹片，但他们个个像周恩来一样，以普通劳动者为荣，在劳动中仍旧表现出战争年代那种拼命精神和工作热情。

指挥部给第四支队下达了一星期备石料260立方米的任务，结果他们只用了两天就完成了。经过请求，又追加了320立方米，最后他们还是超额48%完成了任务。

当天18时，周恩来和第四支队的同志们一起在工地上吃饭。大家同吃一样的干粮、咸菜，同喝一桶菜汤，然后继续参加劳动。

环顾建设中的水库工地，夜间的景色更是令人兴奋。

工地上到处闪烁着灯火，有电灯、汽灯、马灯，甚至部队还打起了探照灯。

在灯火的辉映下，建设者们挥汗如雨、热火朝天地干着。此起彼伏的歌声、劳动号子声、马达轰鸣声，汇成一曲雄壮的劳动交响乐，直冲云霄。

周恩来和第四支队的同志们一直劳动到 23 时，才披星戴月地赶回昌平驻地。

当晚，周恩来下榻在工程兵技术学校一间布置十分简单的房间里。

周恩来没有休息，他连夜写信报告毛泽东，说今天政府高级干部已经前往十三陵工地开始一周的劳动。他自己也在今天随同前往劳动一天，夜间回来，准备政治局会议后再去。

6 月 22 日、23 日，周恩来又到十三陵工地参加劳动，其间，他就住在昌平东关一间 10 余平方米、低矮、简陋的平房里。

屋里两张窄窄的条凳架着一块粗硬的铺板，上面铺着普通的旧布被褥。窗前放着一张三屉桌，还有两张硬木椅子，油漆都已脱落。

他和大家一样，每天劳动 8 个小时，从不迟到早退。

驻地到水库工地还有 4 公里路。每天上工的笛声响起，不论是总理、副总理、部长、副部长、司局长，都同工地的普通劳动者一道排成整齐的队伍，扛着红旗，徒步去工地。

周恩来有时走在队伍当中，有时扛着红旗走在前头。

那一年，周恩来已经 60 岁。一次运料时，他不小心被石头砸破了手，大家劝他包扎、休息一下，周恩来笑着说："轻伤不下火线嘛！"

有一张照片，表现的是周恩来在工地拉车、推车的情景。

　　照片里的他满脸汗水，双手推着独轮车，走在用不到一尺宽的木板铺成的小道上，脚步轻快，面带笑容。

　　这是周恩来参加十三陵水库劳动留下的珍贵的历史照片。

机关工作人员参加义务劳动

在十三陵工地上有一支经常保持着 7000 余人规模的机关工作人员义务劳动队伍。他们从水库工程动工开始一直坚持到最后胜利。

这支队伍是由中央各机关和北京市各机关的工作人员组成的。先后有 17 万多人次参加了这个劳动队伍。

队伍的成员自总理、部长到服务员和清洁员。其中有共产党员、共青团员、各民主党派人士；有汉、满、蒙古、回、藏、朝鲜、哈萨克、维吾尔等各民族；有教授、研究员、总工程师、作家、诗人、编辑、翻译、导演、演员等高级知识分子；也有久经革命战斗，饱受风霜的工农老干部。

此外，参加机关义务劳动队伍的，还有来自苏联、朝鲜、越南、民主德国等社会主义国家和缅甸、柬埔寨、日本、英国等国的国际友人。

机关劳动大军在这 5 个月的紧张劳动中，战胜了零下 20 摄氏度的严寒，战胜了 38 摄氏度的炎热，用实际行动克服了各种困难。

他们的决心是：

风沙再大，没有我们的决心大；石头再硬，

没有我们的意志坚；困难再多，没有我们的办法多。

为了赶修坝西公路，向"七一"献礼，中央建筑工程部等单位的劳动英雄们，一连三天，在烈日当空的情况下从早晨到黑夜一班干到底，每天硬攻猛干达 14 至 17 个小时。

在劳动中各机关都涌现了不少的模范人物：

第一机械工业部，号称"铁臂英雄"的王殿起和"肩筐英雄"的单荣福，他们一挑就是五六筐，日挑 140 余担。

人称"老英豪"的老工人沙庆云，一挑起筐来，就健步如飞。

已是 5 个孩子妈妈的秦芝藩，9 天中挑沙 1209 担。

北京市人民委员会的劳动队伍中有个 62 岁的老太太，她趁女儿生小孩住医院的机会，也硬跟着队伍来工地劳动。

冶金部有个双腿残疾行走不便的薛云山，不让来硬要来，站着不能铲土，就跪着铲，一直坚持到底。

中共中央直属机关的王乃贤、苏克义，发烧到 38 摄氏度仍坚持劳动……

很多人因为气候炎热，晕倒在地，醒了又爬起来再干。

在机关劳动大军中，约有 70% 的成员缺乏体力劳动的经验，很多人对于参加这种繁重体力劳动还是破天荒头一回。

劳动之初，有些人挑不了半筐，铲不了硬土，推不稳小车，搬不起石头，但是他们有一个共同的信念，这就是"咬紧牙关，坚持下去就是胜利"。

他们说"脚上起个泡不要紧，只要思想不起泡就能干下去"。

水电部有个同志说："昨天挑平筐，起了个大疙瘩，今天挑尖筐，压平了疙瘩。"

他们就是这样乐观地经受着劳动锻炼，让血泡结成了老茧，肿伤磨炼着筋肉。

机关工作人员不但亲身参加体力劳动，而且贡献自己的技术与知识支援了水库的建设。在劳动中他们还自发地开展了人人献计献策的合理化建议运动。

机关指挥部为了满足这一意愿，曾邀请了30多位工程师开了三天"诸葛亮会"，共献策451条。这些建议都受到了总指挥部的重视，总指挥部根据施工条件，作了很多重要施工措施上的改进。

机关工作人员从脑力劳动到参加体力劳动，这是一个巨大的革命。通过集体劳动的实际锻炼，那些从家门到校门又到机关门所谓的"三门"干部初步认识到通过劳动联系实际的必要和途径。

轻工业部干校的教员叶广益说："我教了几年物理，经常谈重心问题。但是今天我架上了推土车，却掌握不

住重心。最后还是在不断的翻车中找到了重心的规律，所以空谈理论是不行的。"

搞水利建筑设计的赵笑一说："过去设计时，水库安全系数过大，轻易地按照洪水加20％，而没有考虑到这会使坝的高程增加，土方量增多，造成劳动力上的浪费。"

他们尝到了劳动的滋味，感到了劳动的艰巨，认识到"体力劳动并不简单，比我们搞设计工作要艰苦得多复杂得多"，同时也尝到劳动的愉快，珍视劳动的成果，感到了树立劳动人民感情的必要。

有一位女同志在交心会上说："通过劳动解决了一个问题，我的爱人是工人，过去认为他光卖力气没出息，现在认识到工人农民的力量是伟大的了，没有他们水库就修不起来。"

中医院卫生员刘秀琴一向不安心自己的工作，看不起体力劳动，这次劳动后回到原单位，工作态度有了很大的变化。

许多同志也都认为："这是受到了一次思想透视。"

多国使节参加义务劳动

在水库工地上辛勤劳动的人们永远不会忘记，在那高高的大坝上，也有来自朝鲜、保加利亚、捷克斯洛伐克、阿尔巴尼亚、蒙古、越南、罗马尼亚、匈牙利、波兰、苏联等多个国家的驻华使节和使馆人员筑起的泥土。

为了无产阶级国际主义的崇高友谊，他们曾在这里洒下了自己的汗水。

保加利亚大使涅加尔科夫在参加工地义务劳动时对水库建设者们说：我们来参加劳动锻炼，来同大家一起修水库，是为了社会主义，为了共产主义，为了实现我们共同的目标！

这段话道出了这些国家使节前来参加义务劳动的共同心情。

由顾惕克夫参赞率领的苏联大使馆同志和由基里洛克大使率领的波兰大使馆同志，5月31日在十三陵水库并肩参加劳动。

基里洛克大使身着短衫短裤，脚穿力士鞋。他一到工地就埋头苦干起来，从劳动开始到结束，那副装满泥土的筐担一直没有离开过他的肩头。

基里洛克大使的夫人和大使馆的许多女同志也不甘落后，她们担任的是铲土装筐的工作。

在 93 人组成的苏联大使馆工作人员的劳动队伍里，有不少人参加过苏联第一个五年建设计划的劳动。他们在十三陵水库工地上不停地挑土和推土，累得满头大汗，衣服被汗水浸湿了，但谁也不肯休息一会儿。

他们在劳动中把大块的泥土打碎，拣出了草根。他们说："这是我们自己的事业！"

参赞顾悌克夫和魏立夏金同志，商务代表叶烈敏同志，还同大使馆的青年同志展开了挑土竞赛。

两国大使馆有许多同志在劳动中磨破了手，他们包扎一下，马上又投入了紧张的劳动。

在离开工地以前，基里洛克大使和顾悌克夫参赞通过工地广播站留下了赠言，他们祝水库的 10 万建设者把这座象征中国社会主义建设大跃进的水库，建筑得又快又好。

朝鲜大使馆临时代办文在洙和使馆人员，在 4 月 13 日早晨第一批到达水库工地，立刻同水库建设者一起，投入紧张的劳动。

他们有的覆土，有的担土，汗水湿透了衣衫，一边干还一边用中国话喊着："努力！努力！"

民工十大队"五四"青年突击组的 5 个组员，都是参加过抗美援朝战争的复员军人。他们听到朝鲜大使馆人员来到工地的消息以后，特地赶来同他们并肩劳动。

文在洙临时代办同复员军人梁益章合抬一大筐土，往来飞奔。

八方支援

文在洙表示：在中国各地都可以碰到支援过我们的中国人民志愿军复员军人，他们是中国人民的优秀儿女，过去同我们并肩作战，共同反对帝国主义。今天，我们又碰到了一起，共同参加建设社会主义的劳动，我们感到非常高兴。

捷克斯洛伐克大使布希尼亚克、保加利亚大使涅加尔科夫、阿尔巴尼亚大使巴利里及夫人和这三个国家的使馆人员，在5月16日这一天相约而来。

他们进入工地以后，马上脱下上衣，穿着短裤，有的赤着臂膀，担起土筐就飞奔起来。

布希尼亚克大使用手绢包着头，他一直做挑土的工作，而且装得满，跑得快。

年过六旬的涅加尔科夫大使虽已满头银发，但铲起土来还是那么有力。

巴利里大使的夫人和三个国家大使馆的女同志，她们抬土时再三要求多装，劳动中总是有说有笑，一休息就唱起了歌。

临别前，布希尼亚克大使代表三国使馆人员在工地广播站向全体水库建设者讲话，他表示：今天同你们一起来修建这座巨大的水库，我们的力量虽然是不大的，但这表明我们三个国家的全体人民都同你们在一起，并且今后将永远在一起。

以鲁布桑大使为首的蒙古客人和以范平临时代办为首的越南客人们热情迸发，干劲十足。他们干起活来几乎不亚于经过长时期劳动锻炼的水库民工。

在结束一天的愉快劳动时，越南、蒙古两国使馆人员同水库建设者们一起，互相演出了许多节目，手挽着手合唱起《团结就是力量》和《东方红》。他们最后还同民工、学生和部队战士们一起干起杯来。

原来，这酒是蒙古大使鲁布桑和使馆人员特意带来的。为了庆祝用劳动的汗水结成的友谊，他们同中国建设者们共饮一杯。

民主德国大使汪戴尔、匈牙利大使馆秘书高恩德和两国使馆人员，同一天和民工十二大队的"妇女先锋队"在一起共同劳动，亲密得像一家人。

两国使节和使馆人员一再坚持不休息，还谦逊地表示他们劳动得不多。

共同劳动结成的友谊使得人们久久地不愿分离，两国使馆人员临别的时候，同水库建设者们长时间地臂膀挽着臂膀，围成一个圆圈，一再高呼"中德中匈友谊万岁"！

罗马尼亚鲁登科大使和使馆人员在劳动中会见了工地上著名的"九兰组"。

鲁登科大使在向"九兰组"谈到新中国的建设成就时表示：解放以前他来过中国，那时中国人民受着帝国主义及其走狗的压迫，过着吃不饱穿不暖的生活，而今天的新中国到处都在前进，真是很难看出旧中国的痕迹了。

"九兰组"的9个成员都是园丰农业生产合作社的优秀女社员，她们在水库工地曾经创造出许多动人的英雄事迹，因为碰巧每个人的名字中都有一个兰花的"兰"字，所以就取名叫"九兰组"。

鲁登科大使鼓励"九兰组"要继续努力，保持光荣。

这样多兄弟国家的使节，在一个工地上同我国建设者们一起劳动，一起欢笑，人们都把这件事看做无产阶级国际主义精神的生动体现。

使节和外交官员们在工地上流下的汗水，已经在水库的建设过程中变成了很大的鼓舞力量。每次他们来到工地，指挥部都曾连续不断地接到许多感谢信、决心书和保证书，表示要创造出更大的建设成绩，以实际行动来答谢国际友人。

一位名字叫做李震夫的水库建设者，在《十三陵水库报》上还发表过一首题为"致国际友人"的诗，生动地表达了人们的这种心情。

他写道：

在高山似的拦洪坝上，

有你们担来的黏土，

有你们流过的汗水。

汗水浸湿黏土，

坝身凝结得比铜墙铁壁还要坚固。

你们关怀十三陵水库，

就像关怀自己国家的建设事业；

你们热爱十三陵水库，

就像热爱自己的婴儿。

这种伟大的国际主义精神，

将永远铭刻在社会主义的拦洪坝上。

各条战线大力支援水库建设

毛泽东、周恩来、刘少奇、朱德等到十三陵水库工地参加劳动的消息轰动了北京乃至全国。

社会各界把能到十三陵水库工地参加义务劳动视为一种荣誉。很多人未经安排就自备工具去工地参加劳动。

据当年水库工地后勤办公室工作人员梁魁回忆说："就连中国佛教协会的几十名僧人也主动联系，要到工地参加劳动。"

文艺界人士不甘落后，几乎所有在京的文艺团体都到过工地，边劳动边演出。工地劳动是三班倒，一天24小时，几乎什么时间都有文艺演出。

著名相声演员侯宝林在指挥部机关食堂吃饭，有时排队买饭时被人发现，大家就说："老侯，来段呀！"侯宝林就当场说一段。

这是只有在社会主义社会里才能出现的事。为了一桩事情，从领导到群众，从这一届到那一届，从这一单位到那一单位，都动起来了。都为这一桩事，做他们能做到的，就像追求理想、希望、爱情，做他们所能做到的一样。

在这千军万马施工的工地上，不时从广播大喇叭中播出动人的事例。这些广播大喇叭对于北京人是非常熟悉而又亲切的，人们在国庆节、"五一"节，在天安门广场接受毛泽东检阅的时候，这些大喇叭曾经传出党和政府令人激动的鼓舞和号召。

在这不夜的工地上，分布着100盏聚光灯。这些聚光灯原来是为天安门广场照明用的。然而十三陵水库要赶在洪水前面，要夜间施工，要为农业增产，这些天安门管理机关新置的聚光灯，连同广播大喇叭在内支援了这个工程。人们理解节约，理解这支援的意义。

在这工地上，人们抢着钢镐，举着铁锹，在这许许多多钢镐和铁锹中，有20把钢镐和30把铁锹是昌平铁路社一群工人敲锣打鼓送到工地上来的。这些镐和锹就是这些铁路工人掏腰包凑了100多元，买了铁和煤，在下班后熬夜赶制出来的。这些镐和锹，倾注了工人们支援这个工地的无尽的心意。

就是这些工人，为了这个工地，打钢镐，修轱辘马，焊道岔，一天干上15个小时，而且最紧张的时候有两天两夜没睡觉。

在工地的一处河床上，北边、东边和中间铺了20来公里的轻便铁道。工程将要靠它运送上百万吨的泥土和沙石。

这些轻便铁道，其中有南湖渠砖瓦厂工地上铺好的铁轨，这个砖瓦厂为了支援工地，连铁轨带枕木都搬到水库工地上来了。

安装轻便铁轨，要人，也要技术。北京铁路局听到这个消息，当即动员丰台工务大修队的技术好的 20 名工人赶到了工地。

第二天，铁路局又派了 80 名工人支援。他们到工地后连水都没有喝就干起活来。这 80 个人是吃了饭来的，那 20 个人却从中午一直干到第二天凌晨 4 时才吃饭。

有个工人说："这活美妙，干一天也不饿！"

有了轻便铁道还不行，还要轱辘马，要 1500 辆。一下要这么多辆，就是用钱买也不容易办到。

但只要说是修十三陵水库，连在冬季施工的新都砖瓦厂支援 100 辆。不够，米房村砖瓦厂、南口村采石场也支援了一部分。还不够，北京市计委副主任彭则亲自出马，中央煤炭工业部听见这个消息，就指示峰峰、天津、石家庄、德州等地的矿场，调集大量轱辘马装上火车开向北京，开向水库工地。

工地上要爆破，爆破要人，要炸药，要雷管，只要工地一个电话，南口村采石场就运来了。每当中午和午夜，坝基两头的山岩上，就像响起春雷一样，一个接着一个，沙石冲天，尘土滚滚，爆炸的响声像礼炮一样在群山之中震荡、轰鸣。

接着，穿草绿色衣服的人们又清除起爆炸的岩石碎块来，这是工程兵学校和工程兵部队的官兵，他们停止了原有任务，在杨成武将军的动员下，为这个水库日日夜夜地献出他们的劳动。

还有，只要说是十三陵水库工地，不必先办从申请

到交钱的麻烦的托运手续，要多少车，北京市运输公司就会给多少车。工地上搞物资供应的干部谈起这件事，真是赞不绝口。

只要说是十三陵水库工地，要什么，在沙河的百货公司就会马上送到。比如，碰上公司的业务员不在，公司的党支部书记就亲自推车把物资送上工地。

只要说是十三陵水库工地，为了抢时间，南口配件工厂党委书记就亲自动手，一个小时之内，把工地上要的 10 瓶氧气、2 个技工，用汽车送到工地。

只要说是十三陵水库工地，工地上急需用来开工的 20 万个劳动胸牌，昌平手工业社印刷部的工人和八十三中、八十四中的学生连夜就如数赶制出来。

工地就在这样有求必应的支持中迈开了建设步伐。

工程是要人来进行的，这个水库工程要 800 多万个工，昌平区各乡农民当然出不了这么多，怎么办？没有问题，各方面都来支援。

部队的指战员，郊区及其他各区的农民，中央和市级机关的干部，学校的学生和教师，工业、商业部门的职工，纷纷前来参加义务劳动。

于是，工地上飘扬着部队、机关和学校的义务劳动大军的红旗，他们和 1 万多名民工为修这个水库，在寒冬里光荣地劳动着。对于有些知识分子干部来说，这是劳动锻炼的好机会。

就这样，物资，能借的借，不能借的租，不能租的才买；人力，由各方面支援，组成了一支干劲冲天的义务劳动大军。就是这样的革命精神，要把 1900 万元到 2000 万元的工程，用更快更省的方法来完成。经济上并不是此次劳动唯一的意义，这是一种社会主义思想的体现，革命的合作精神蔚然成风，其意义的深远影响是无法用任何数字来表达的。

十三陵水库工程，就以这样一股势头，出现在全国水利化建设高潮的浪头上。在人们辛勤的劳动和集体主义的支援下，不断地掀起建设的高潮。

三、 群众会战

● 水库建设者的英雄口号是："和时间赛跑，和洪水争先！"

● 很多民工甚至不爱讲"支援"两字。他们说："我们来，不是'支援'水库的修建，而是'参加'水库的修建。"

● 杨振叹道："要不是社会主义，还能有这样的事？"

和时间赛跑

曾经参加十三陵水库劳动的人至今无法忘记那段火热的日子，没有命令，没有任务，没有报酬，无形的默契支持着数十万人在工地上洒下汗水。白天，工地上红旗招展，马达声响彻山谷；黑夜，万盏灯火照亮山野，共产主义风格充分地表现了出来。

在这个不到50平方公里的地方，有一支近10万人的劳动大军在同自然作战。他们来自四面八方，工农兵学商。10万人，有条不紊地集中在一个工地上劳动，凭的就是自觉的组织性、纪律性和高度的社会主义劳动热情。

这里的日日夜夜都是一样。入夜，几万盏灯火，照得工地如同白昼，碾压机、夯扳机、火车、汽车在人流中往返奔驰，机器声、马达声和雄壮的劳动歌声，汇成一支节奏和谐、气壮山河的交响乐曲。不管是零下20摄氏度的严寒，还是8级的狂风、风雪袭人的拂晓、雨雪交加的夜晚，这里的工作从没有中断过一分一秒。

水库建设者的英雄口号是：

和时间赛跑，和洪水争先！

要用几个月的时间，完成这个原定在第三个五年计

划中的工程，在这一带的荒山空谷，建成一座美丽如画的水库。它将拦蓄 6000 万立方米的洪水，灌溉二三十万亩良田，还要养鱼、发电……

美丽的图画是美丽的理想绘成的。这样的工程，虽然并不是什么罕见的奇迹，可是在旧中国，这样大的水库连一个也没有。

即使是在解放以后，如果按照常规，光是钻探、测量和设计，就需要一年的时间。但当时的建设者们打破常规，大胆地想，大胆地干，边设计、边施工，完成全部的工程，比以前设计的时间还短。

是什么样的力量才会有这样快的速度呢？郭沫若在 4 月 15 日到工地参观和劳动的时候，曾经留下这样的诗句：

努力改造自然，向着地球开战，
费五个月的工夫，要使十三陵改观，
从前皇帝做不到的事，老百姓能够干。
增加生产，绿化山川，
人民的力量赛过氢弹！

正是凭着这种团结如钢的力量、壮丽远大的理想和移山造海的干劲，才干出了这前无古人的事业。

十三陵水库工地是一座共产主义熔炉，只有烈火才会炼出真金。人们都不去考虑个人问题，只想能多为这项庞大的工程出一把力。

来自京郊各区的两万多农民，虽然绝大部分都不能从水库直接受益，而且也不取分毫的报酬，可是他们明白"天下农民是一家"，这是共同的事业、集体的荣誉。所以尽管家乡的生产任务非常紧张，但他们都争先恐后地报名参加。

小生产者长期存在的"热土难离"的家乡观念，在这里很难找到痕迹。许多年轻人生平第一次离开家园，他们在家里还需要母亲问寒问暖，在这里却成了能够独立生活的坚强的劳动者。

崔村乡的金淑兰，这个16岁的高小毕业生，三个月前还是瘦小嫩弱的姑娘，现在却变得体格健壮，担着70多公斤的挑子，健步如飞，她还被评为水库的一等模范。

为了让自己的青春发出更多的光辉，有不少青年都自觉地推迟结婚的佳期。

永丰屯乡的陈淑英，原来计划在春节后结婚，听说修水库，她便和未婚夫商量好把婚期改在4月。

转眼约定的婚期快到了，但水库的施工还在紧张地进行着，就这样放弃继续劳动吗？姑娘又是个守信用的人，难道又要言而无信吗？有几天她确实反复地考虑过这个问题。结婚固然是"终身大事"，可它毕竟是个人的事，眼看着拦河大坝天天往上长，填土运料一个人顶两个人用，难道能够扔下不管吗？

毛泽东时代的青年是不能够这样做的。她终于征得未婚夫的同意，决定水库建成的日子，就是他俩幸福的佳期。

4 万多名解放军官兵，是这里最强大的一支施工队伍。他们战无不胜，攻无不克，在悬崖峭壁上，担任着凿岩爆破、削山开道等最艰巨的任务。

全市商业系统的机构也精简了，效率也提高了，群众更加满意了，还抽出了 1 万多人来建这个伟大的工程。

首都的大学生们，把这里当做劳动的课堂，轮换着前来学习劳动。

在国家机关的几千名在职干部队伍中，有一般干部，也有领导干部，有根本没有参加过劳动的青年干部，也有长期脱离生产的老干部。他们都同样地认为：能够为建设水库出一把力是最大的荣誉和幸福。

粮食部办公厅主任张文通，是个 51 岁的老同志，刚动过手术不久，就带队到工地参加劳动。他从早到晚卸土，每天劳动时间长达 10 个小时。

水库工地是共产主义的大家庭。来自四面八方的人们，虽然素不相识，但是都亲如家人，到处都充满了"我为人人，人人为我"的无私奉献精神。

如果你有了困难，随时都会有人来帮助你解决；如果你有了疾病，马上就能够得到治疗和慰问。

大东流乡的女社员在从工地上劳动归来以后，总是要抽出时间，帮助男同志拆洗被褥，缝补鞋袜和衣服。有些男同志不好意思，女社员们就偷偷地到帐篷里去搜索，感动得男同志们只有多推几趟土作为答谢。

上下水道工程局的司机程锐方，在工地担负驾驶救护车的任务。无论什么时候需要护送病人，他从来都不迟延。

有一天，他为了把急诊病号送往医院，一夜都没有睡觉。如果病人的衣服穿得少，他便把自己的衣服脱下给盖上；如果没有护送任务，他便去帮助护士工作，打扫清洁卫生。

从十三陵水库工地，可以看到人们旺盛的革命斗志，看到人们敢想、敢说、敢干的气魄。

解放军承担最艰巨任务

在十三陵水库工地上劳动过的工人、农民、商业职工、教师、学生和机关干部，前前后后有几十万人。可以这样说，凡是在这里劳动过的人们，对于水库工地上10万劳动大军的主力和骨干，即人民解放军，是没有不怀着感佩的心情而给以高度赞誉和评价的。

在十三陵水库的10万劳动大军中，来自解放军各部队的官兵有4.2万人，前后在这儿劳动过的共有9.3万人。军官和士兵都是以普通劳动者的身份在这里同首都人民并肩作战。

他们站在战斗的最前列，担负着最艰巨、最繁重的组织、指挥和劳动的任务。

在劳动中，解放军官兵非凡的革命干劲真是动人心弦，足以使群山为之颤抖。

解放军七支队是最先开到工地现场并且长期坚持战斗的一支钢铁部队。他们在这里，开始是清理坝基、爆破东西山头，而后是开挖一条长341米、底宽15米的泄洪道。严寒和酷暑，他们都经受过了。

战士们曾经在零下23摄氏度的冬夜，脱掉棉衣，挥汗如雨，跟顽石冻土进行不倦的搏斗。

那时候，他们住在离工地12.5公里以外的地方，每天苦战8小时，还要行军3小时。从营地带来的午饭，常常冻成了冰块。可是这些一点也没有影响他们高昂的战斗热情，相反，战士们干得更起劲了。

4月25日晚上，狂风怒吼，飞沙走石，从昌平拉到工地的高压线被刮断，电灯灭了。

21时，在一片漆黑的夜色中，传来了指挥部的通知："今夜停电，工地停工一宿，明晨7时上班。"于是，工地上，人慢慢少了。

可是，七支队有许多战士没有走，他们在8级大风中硬挺着，尽管风沙弥漫，打得人手脸发痛，眼睛都难以睁开，可这些奋不顾身的勇士们，却摸着黑干起活来。

午夜，支队首长劝他们暂回营地，等来电后再干。他们这才勉强下了工地。但他们老惦记着工程的进展，怎么也不能安下心来睡觉。

3时，他们就提前到了工地。4时，电灯复明，战士们一片欢呼，于是迎着依然猛烈的大风，冲上西山坡，开始了新的一天的紧张战斗。

5月，工地变了样，大批增援部队带着帐篷、机械和车辆，浩浩荡荡地开到了工地。而炎热的夏天也带着烈日和骤雨跟踪而至。这以后，日晒雨淋，便成为家常便饭了。

战士贾银虎在一首诗中写道：

　　头顶白云脚踏山，

身上淋雨还冒汗。

战士只顾采石忙，

哪管水汗一齐淌。

对于气候的变化，英雄们是一点也不在意啊！

七支队经过持续 4 个月的苦战，削平了两座山头，开挖和运送的石方达 23 万多立方米。

在劈山凿石的过程中，战士们抢着大锤，把着钢钎，一钎一钎、一锤一锤地在岩石上深钻打眼。结果，两米长的钢钎，有的被磨掉一米多，只剩下几十厘米了；十几斤重的大锤也减了重量，变得又轻又小了。

真是铁杵也能磨成针啊！面对英雄们这样顽强的干劲，高山怎能不低头呢！

当然，顽强的干劲并不是七支队所独有，而是解放军各部队共有的特性。只要提一下二支队抢修零九线的事迹，就可窥见一斑了。

5 月上旬，解放军二支队转战到坝北战场。为了争取时间，加快黏土的运输，经过支队党委讨论，他们提出了一个"苦战三昼夜，修好零九线"的大胆计划。

所谓零九线，就是从长陵园黏土料场通到大坝东端的一条轻便铁路线，全长 5100 米。工地总指挥部虽然批准了这个计划，内行人却断言：像这样的工程，最少也得半个月，三天三夜是肯定不行的。

的确，要说困难，可真是不少，比如没有勘察，没有设计，技术力量不足，工具器材也缺乏，而时间又非常紧迫，等等。

不过，对于充分懂得自己工作的意义而又充满自信的解放军来说，没有什么根本不可克服的困难。

5月11日清晨，抢修零九线的战斗打响了，军官和士兵并肩作战，真是人人奋勇，个个争先。到了晚上，沿线没有电灯，一片漆黑，战士们便打着手电筒、点着马灯，或者干脆就摸着黑干。

在这迷迷茫茫的山川里，尽管星星点点的灯光忽隐忽现，战士们却是心神亮爽，越干越欢。许多人从早晨干到晚上，从黑夜又干到天明，硬是牺牲了自己的睡眠完成了任务。

经过全支队官兵三天三夜奋不顾身的苦战，这条轻便铁路终于在5月14日清晨胜利建成，当天14时便全线通车了。

解放军从来就是既有猛打猛冲的干劲、又有苦思苦想的钻劲。为了争取时间，赶在洪水的前面，在党的领导和支持下，各部队官兵破除迷信，敢想敢干，发挥集体智慧，提出和实现了许多大胆建议，解决了好多关键性的技术难题。

人们已经知道的汽车牵引斗车运料法，就是六支队四大队的官兵试验成功的。

在与铁路干线没有任何联系的水库工地上，第一个倡议用火车运料的，就是三支队的官兵，汽车拉着拖斗运土上坝，也是水利史上没有前例的奇迹，而这是铁道兵的同志倡议和试验成功的。

有了这些创造，填筑坝身所需要的沙料和土料就能运得多、运得快了。

可是还有问题：沙料要通过皮带运输机上坝，土料上了坝还要用羊角碾来压实，而皮带运输机也好，羊角碾也好，旧的定额却都不高。

因此，远自南北料场运来的沙土，眼看堆成了小山，却上不去，压不实，以致不断造成窝工。

后来，还是靠着这批有勇有谋的军人，他们和工人同志们密切联系，大胆设想，反复试验，才突破保守的定额。因此，大坝才得以日夜猛长。

突破羊角碾的定额，这件事是特别值得一提的。

按照定额，一台羊角碾，一班工作 8 小时，只能碾压黏土 600 立方米。这是因为羊角碾从来只许开一挡、二挡，而不许开三挡的缘故。

可是，尽管解放军同志一再要求打破常规，试验开快车，改变一下羊角碾这种老牛拉车缓慢爬行的习惯，但是，固守着老定额的技术人员却总是不肯支持。他们认为，快了就压不实了。

铁道兵部队的魏然大校根据新修铁路必须遵循的经验，认为机器开得越快，冲击力就越大，羊角碾是可以考虑开快车的。

几经争论，并且前后做了 4 次试验，结果，车开三挡，黏土被碾压的密实程度，比原来开二挡的质量还要高，而工作效率却比原定额提高了将近 4 倍。

每一项保守思想被击破，都不是一帆风顺的，羊角碾问题不过是其中最明显的一例罢了。

解放军是由优秀的工农子弟组成的。这些平凡的劳动者，之所以能不断地创造奇迹，并不是因为他们有超人的智慧，而是因为全心全意为人民的共产主义思想在他们心灵上挂了帅。

解放军是来自人民而又是为了人民的，他们处处关心与帮助群众，又不断向群众学习。在这里，军民互助协作的动人情景是随时随地可以看到的。

有时是军队帮助群众挑担，有时是群众帮助军队装车。虽然这里经常有军民之间、军军之间或民民之间的热火朝天的劳动竞赛，可谁也不是为了锦旗，而是为了互相学习，为了早日把水库修成。因此，有时连优胜的红旗也在对垒的两者之间互推互让呢！

在下雨的时候，战士们常常把自己的雨衣让给群众穿，当然也是互推互让。

4 月 23 日来了一场大风雨，在零三、零四线上战斗着的战士，集中了 3000 多件雨衣让给并肩作战的学生和农民。

起初，人们误以为是公家发雨衣，等到看见发雨衣的战士自己倒没有穿，才悟到这又是部队的同志在发扬风格了。

学生和农民就纷纷把雨衣还给战士，双方你推我让谁也不肯穿。后来战士们只好把雨衣整整齐齐地叠在地上，同群众一起冒雨作战。

　　这时，工地扩音器中传出了人们向风雨作战的誓言：

> 大风吹不走我们的干劲，
> 骤雨冲不了我们的决心，
> 我们是风雨无敌的巨人。
> 风，哪怕你不停地刮，
> 雨，任凭你不停地下，
> 我们的誓言胜过山，
> 不修好水库不收兵！

　　人们不会忘记，人民解放军英勇的指战员们曾在工地上同首都人民一起，出过力，流过汗，吃过苦，费过心血，为这座水库作出了最出色、最卓越的贡献。

　　人民解放军的贡献，还不仅是为水库建设提供了巨大的劳力、物力和智慧，最为可贵的是，他们为整个工地带来了干劲冲天的革命英雄主义精神和大公无私、团结友爱的共产主义精神。

　　人们从他们平凡而又高尚的英雄风格中，不断得到鼓舞、教育，从而不断提高自己的革命自觉性。

　　郊区农民第六大队在 5 月间曾经给解放军写过一封致敬信，信中以淳朴的语言，表达了广大人民对解放军最真挚的感情。

信中写道：

> 你们的英勇劳动、革命干劲和创造精神，大大鼓舞和教育着我们，你们那种团结友爱，乐于助人，以及艰苦朴素的品质，也深深地感动着我们。总之，我们觉得，你们浑身都是值得学习的，你们真堪称共产党教育下的优秀子弟兵。是你们，保卫着祖国人民的幸福与安宁，在沸腾的建设中，你们又是坚强的骨干。你们在哪里，哪里就生机勃勃，就有着无比的力量……

长夜在劳动的热潮下迅速退去，让位给黎明。明媚的阳光，照在东山口矗立的一个巨大的标语牌上，上面写着：

> 鼓起革命干劲，向东山口进军！

这是参加水库建设的解放军部队的战斗口号。领导他们作战的指挥部，就是东山坡上一座长、高、宽各有十几米，用大石条筑成的巨大坚固的石台，位处"墩堤"。

"墩堤"是有一段神话传说的。据说，过去这里是一片大海，修十三陵用的无数块巨大的汉白玉石，还有那些硕大的石人、石马、石像都是从这个海里运来，在"墩堤"下船。传说虽美丽，但终究是传说，而让人不可思议的是，关于海的幻想现在真的在几个月内就要变成现实。因为这里将要出现一片海，人工的海！

在"墩堤"，有几个军人守着一部电话机，其中一个40多岁，紧锁着眉头，黝黑的脸上流露着忠厚诚恳的表情，他是部队的副总指挥肖志华同志。

他穿的军装上覆盖着一层黄土，变成了灰色，好像刚在沙地里打过滚似的。

"墩堤"下一个较平的土坡就是指挥部。但奇怪的是，坡上并没有什么，只有一片枯黄的荒草。

部队副总指挥肖志华说：

我们争取明天在这扯起帐篷……俗话说，"人马未动，粮草先行"，这可恰恰倒了个。怎能来得及呢？部队1月3日动员支援建设水库，5日就来到工地上，有的部队当天就来了。来的有战士，有高级军官，有当年长征二万五千里的老干部，有的人居然把儿子也带来了。水库总指挥部要求我们支援40万个劳动日，我们提出58.9万个。

还得说一句，光是完成劳动日那太容易了，一个人随便干一天就是一个劳动日，我们不这

群众会战

样提，我们的口号是完成土方。所以民工是三班倒换，我们是两班倒换，每人一天平均 12 小时。我们还要求：哪里的任务艰巨，哪里就交给我们去完成。东西山头就是我们部队担任的工程。

他的话不错，在任何情况下，解放军总是站在斗争的最前沿。

东西山头是拦洪坝两端接头的地方，山头完全是胶泥和风化石，现在要把它修平，一直到露出岩石为止。将来水坝接在岩石上，才不致被 50 平方公里的雨水山洪冲垮。

这里的战士干起活来，个个都像拼命三郎，有个名叫韩仰魁的战士，个儿不高，但他手执铁锤，一气抢了 350 锤。即使赵云再世，恐怕也难以和他较量。

战士董文奎，工具不够用了，本来可以休息一下，可是他不，马上弯下腰去，用背来驮冻土，一背就是 100 多公斤，足够 4 个人挑的。

那个挑着土行走如飞的刘少云，在一小时之内，运了 30 担土到 120 米以外去。30 担的往返距离是 7200 米，合 7 公里，而一般的行军速度不过每小时 5 公里。而且，往筐里装土也是由他自己干的！

还有，山坡上那 4 个上了年纪的人，他们是工程兵技术学校的政委、主任和部长，他们正在竞赛。一边竞赛还一边唱起歌来：

四个老英雄战场比高低，

真是人老干劲大，老当益壮！

他们有如此的战斗力，即使到轮换的日期了也不回去，还要求再延长几天！

无论谁看过这支声势浩大的劳动大军，看过这样的竞赛场面，看过他们发挥出的革命干劲，都会毫不怀疑这项工程会大大提前。

京郊农民自愿参加劳动

1958 年 1 月 20 日深夜，水库正式开工前夕，蟒山脚下风雪交加，气温在零下 20 摄氏度左右，但是坝基一带已经有几点煤油灯的昏黄灯光，在吭吭的镐声中移动。

昌平农民作为 10 万劳动大军的开路先锋，已经凿破冻土，开始清基了。

这支来自京郊原有各区的两万多人的农民大军，在这个吸引着千万人心的战场上，时间长的已经战斗了快半年，时间短的也有一两个月了。

很多人连一天也没有离开工地。

为了"同时间赛跑，与洪水争先"，不知有多少小伙子和姑娘宁愿推迟了婚期。

为了把一分一秒用在大坝的长高上，不知有多少姑娘宁愿剪掉那留了多年的长长的发辫。

这支农民大军就像工地上的其他大军一样，不顾寒暑，不畏风雨，日日夜夜地苦战着。

当大雨倾盆的时候，五老组的组员毫不介意地说：

龙王都要捉，雨水怕什么！

这股干劲是从哪里来的呢？难道只是因为自己的田

地能得到灌溉之益么?

不,水库修成,直接受益的不过 10 多个乡,而日夜苦战在工地上的有 100 多个乡的农民,他们中的许多人是从远离水库约 100 公里地来的。

丰台区的 300 名青年突击队员,在开工第一天就主动跑来苦战了半月。

远离水库 100 多公里的门头沟区的山区农民,在 4 月 11 日自带粮米行李,翻山越岭连夜赶来投入战斗。

他们日夜苦战绝不是为了本乡本社,当然更不是为了自己。

朝阳区的民工说:

> 修这个水库,是关系首都郊区实现水利化的大事。
> 这不仅是建设昌平区,更是建设社会主义。
> 建设社会主义,人人有份,我们绝不落后!

很多民工甚至不爱讲"支援"两字。他们说:

> 我们来,不是"支援"水库的修建,而是"参加"水库的修建。

正因为在他们心里这是一场建设社会主义的战斗,所以各区都有很多争着来水库工地的动人事例。

争着来的有兄弟，有父子，有母女，有夫妇……

王金王银兄弟、刘永起田淑琴夫妇，就是这样在工地双双成了模范。

长辛店的一位 18 岁的姑娘，坚持要来修建水库。

尽管反对的声音在她耳朵后面响："没见过这么大的姑娘跑 50 多公里外去修水库的！"

但她还是跑到工地来了，成为著名的"钢铁姑娘"之一。

没见过的事，农民大军里多得很。

谁看见过单臂英雄运土推车赛过双臂的？这里有，而且不止一个。

谁看见过姑娘打夯赛过小伙子的？这里有，而且还不止一个组……

在农民大军里，涌现了"钢铁突击队"、"火箭突击队"、"闪光组"、"九兰组"等等许多著名的先进集体。

不要认为得到这些称号是容易的事，必须有钢铁的意志、闪电的速度和突出的成绩，他们才能被授予这些光荣的称号。

民工们都是庄稼汉，他们知道地里活的缓急。

尽管工地的紧张劳动已经使他们付出了无数的汗水，但是这些在党的教育下成长的集体农民，在下工以后，还跑出几公里地去帮助当地的社员们栽白薯，收小麦。

昌平区东光农业社的"青年尖刀队"还给房东们抹了 400 多间房。

至于给房东挑水、扫地，那更是普遍的事了。

民工队员的这种表现，是党教育的结果，也是学习解放军的结果。

他们的口号之一就是"向解放军同志学习"。

人民军队的优良传统深深地教育了他们，共同劳动的解放军官兵的行动，深深地触动了他们。

当冬天的雨雪使他们变成冰雪白人的时候，当夏季的酷暑和烫人的沙土蒸得他们几乎喘不过气的时候，当突击队员穿着单衣短裤在严寒的天气里下到过腰深的冷水里工作几小时不肯换班的时候，他们常常心犹未甘地喊道："这比长征还差得远哩！"

工地总指挥部对农民大军发出这样的号召：

行动军事化，生产战斗化。

工地上，民工大队已经排着整齐的队伍上下工了。这不只是形式上的变化，而且是组织性、纪律性的加强，是思想意识锻炼的收获。

几位在郊区农村长期工作的同志，都带着惊喜的神情称赞民工队员如何团结友爱、紧张而愉快地劳动，以工地为家。

他们都认为民工到工地 10 多天后就会发生显著变化。

民工大队的一个教导员自豪地说：

　　我们这支队伍已经锻炼成一支可以南征北战的骨干力量了！

　　乡乡社社都在兴修水利，搞工厂，这两万多农民社员，离开自己的乡社到十三陵工地来劳动，家里的事怎么办呢？

　　几个区带队的同志说，家里的活的确很忙，但是，这些社员到十三陵来，一点问题都没有。

　　社里不但把他们的工作都包下来了，不但给他们记工分，而且对他们的家属还优先照顾。

　　挑水、抹房……都优先给民工的家属办。

　　区、乡、社对代表他们来参加这个伟大建设工程的民工，关怀得无微不至。

　　4月，当黄瓜还是珍贵的鲜货的时候，工地上的四季青蔬菜生产合作社的社员已经收到社里送来的大批黄瓜了。

　　6月，杏子刚熟，西北旺乡已经派代表把新摘的鲜杏送到海淀区民工大队。

　　工地的沙石刚刚磨破民工们的鞋底，"三八"农业社的新鞋已经送到了。

　　几个区的负责同志，各乡、社的负责同志几乎都到工地去看望过自己的社员。

　　他们带来的不仅是温暖的慰问，而且是巨大的鼓舞。

外区的民工到十三陵工地不过两个多月，但是这两个多月，却使这里发生了巨大的变化！

工地上一座拦洪大坝已经提前矗立起来了。

工地的一位负责同志讲得好：

　　农民们来这里支援修建水库的，不只是这两万多民工，而是京郊所有的社，所有的乡，所有的区！

九兰组巾帼不让须眉

　　毛泽东在十三陵水库工地劳动的时候，对一位年轻的姑娘说："应该向九兰组学习，工地上要多出现一些九兰组就好。"

　　"九兰组"的成员都是谁？在水库工地上，许多人都会告诉你：在大坝的东段，在人的海洋中，有 9 个穿红戴绿的姑娘特别引人注意。年龄最大的 22 岁，最小的 17 岁，一个个脸颊绯红、体格健壮，挑起几十斤重的土筐，像一阵轻风似的，赶到别人前面。

　　这就是连续 4 次被评为先进集体的"九兰组"。她们的名字是：阎秀兰、纪淑兰、郝玉兰、刁振兰、王桂兰、张淑兰、刘继兰、孙淑兰、金淑兰。除"大兰"阎秀兰外，其他都是昌平区崔村乡的农村姑娘。

　　九兰并不是一母所生，只是在名字末尾都有一个"兰"字，而且又很巧地被分配在一个队里，便结成了一个小组。

　　她们过去虽然同住在一个乡里，但平时很少来往，一听说要修十三陵水库，好像有一根无形的线把她们串在了一起。她们谁也没和谁商量，不约而同地各自向母亲和生产队长请求让她们参加修建水库工程，有的和未婚夫商量延迟了婚期，有的想尽办法安排好家务，来到了工地。

村领导因为她们年纪小，原先不让她们来。可是后来到工地一瞧，个个生龙活虎，无论掘、铲、挑都跑在许多男队员的前面。

她们刚来时，正是寒冬腊月，地冻三尺，一镢头只砍出一道白印。但是她们坚决地向地球开战，手上的虎口震裂了，说这"不在话下"，还是一口气地抡着镢头凿下去。

但是，不能光是猛干啊！后来在挑土的劳动中，就巧干起来了。她们采用接力跑的方式，每人在一分钟时间内，把两筐土送到 45 米远的地方，然后一个接一个地传到更远的地方去。

一分钟，连喝碗开水的工夫都不够。她们就以这样快的速度，每人每班差不多要走 50 多公里路，把男子队也赛下去了。

到了晚上，她们的肩膀压肿了，脚磨起了泡，可是个个都愉快地唱着歌。

"大兰"阎秀兰是北京航空工业学校的下放干部，肩膀压得最红最肿，渗出的血水和衣服凝结在一起。怎么办？这是自我斗争的一个关键时刻。

她躺在床上想了又想，最后的结论还是："不能找大夫瞧，一瞧就准得休息。"第二天，她熬着疼痛，继续挑土，不久肩膀上就结出了老茧，再挑多重的担子也不在乎了。

"四兰"刁振兰的脚泡打破了，流出的黄水粘着袜子，脱不下来，走路一拐一拐的。大家要她休息。她说："我连结婚都延期了，一点脚伤怎么能耽误修水库哩。"

有一天，在零下20摄氏度的严寒里，她们在大坝下面挖齿槽，挖到1米深，水就冒出来了。

怎么办？下水还是停挖？她们毫不犹豫地一齐跳到水里。身上冷得打战，就齐声歌唱：

> 十三陵工地红旗飘，
>
> 劳动热情高。
>
> 开山辟地修水库，
>
> 要把河水改面貌。

正在这个时候，工地竞赛办公室主任王志明来了，看到她们的干劲，也拿起铁锹跳到水里一起挖起土来。

原先躲在席棚里怕下水的人们，听到她们欢乐的声音，也都陆续跳下水去了。

齿槽刚挖完，接着要在齿槽里挖74米多深的积水井。大兰对小兰们说："妹妹们呀，你们年纪小，让我下去。"

小兰们说："大姐呀，你缺乏劳动锻炼，我们下去。"

你说你的理，她说她的理，姐妹们争得面红耳赤，谁也不肯让步，结果就都跳到井里劳动去了。

按照规定，在井下劳动12分钟就要上来歇一歇，但

是她们干了一个小时还不肯上来。队长没有办法，只得下命令强迫她们停止工作。

她们上来以后，聚在一起一商量，就给男队员组成的"火箭队"送去一份挑战书，保证提前完成挖井任务，在水里劳动坚持到底。

这样，她们就名正言顺地留在井里，干几个小时才歇一次。结果提前 8 天完成了挖井任务，赛过了男队员组成的"火箭队"。

队长为了照顾她们的健康，当面不敢表扬她们，可是背地里逢人就夸奖她们的革命干劲。

大坝要填土了，她们接受了打夯的任务，这个活她们在过去看都没有看到过，打起夯来，老是不一个劲，摇摇晃晃的，把腿都碰青了。

但她们下决心向别人学唱打夯歌，钻研打夯技术。每个人的双手都磨满了泡，震裂了虎口，嗓子也哑了。

"六兰"张淑兰的手泡破了，拿窝头都很困难。她贴上橡皮膏，依然坚持劳动。

"天下无难事，只怕有心人"。不久，她们就掌握了打夯技术，不但打得稳，抬得高，而且速度也快了。

这之后，在大坝上常常可以听到她们唱的夯歌压过风声，看见她们打的坝身赛过城墙，最后她们超额 351%完成了打夯任务。

她们在繁重的劳动后回到住所，还常常演戏给队员们看，帮助大家减轻疲劳。在休息的时候，她们就带着针线到男队员住地去串门，给大家缝缝补补。看到男队员衣服脏了，就拿去洗了。

男队员们不好意思加重她们的负担，都把脏衣服藏起来。但几天收不到衣服，她们就到河滩旁边等着，看到男队员来洗衣服了，就拦住抢下代洗。

"九兰组"的名声誉满工地。赞扬"九兰组"的声音在工地上到处飘扬：

> 九兰组九个姑娘，
> 九颗心一个理想，
> 十三陵来修水库，
> 要把家乡变天堂。

五老组个个老当益壮

十三陵水库工地上，有个由五位老英雄组成的"五老组"，人称他们是"五棵不老松"。他们个个精神抖擞，奋勇领先，五天里边，跟小青年、大青年、女青年开展竞赛，真是热情似火烧，干劲如同排山倒海的浪潮一般。

且说第一天，五老挑细沙，往返1200米的距离，定额0.75立方米。老人家腿脚不那么快，可是满筐上坡，气不喘，面不改色；空筐下坡，不慌不乱不着忙。

俗话说："会者不忙，忙者不会。"五老浑身是老行家的气概，一步比一步稳当，一担比一担扎实。到了下工时，他们竟完成了定额的181%的工作量。

大家肩上使的是白木扁担，唯独有一位老人家挑着一根榆木杠子。这位老人头发花白，可是气色很好，那年他63岁，是五老里边的老大哥。

这位老人名叫吕连玉，扛过30多年的长活，养大了两个儿子，脚下一直没有立锥之地，但如今却成了卫星社的社员。两个儿子都娶了媳妇，成家立业了。老人的晚年，十分幸福。他在社里，是一天也不爱歇工的。

这根榆木杠子是怎么回事呢？老人说：

来到工地上，真叫人觉着社会主义力量大。谁不打心眼里欢喜，谁不想多挑一筐土，快走一步？有的小伙子挑上四筐六筐，一晃一悠，咔嚓一声，扁担折了。我见着就心疼，一根得块把钱哩，十来万人做活，一天折个千来根，就是千把块钱。家大业大，要不精打细算，浪费也大啦。

所以，哪怕是见着一截铁丝半根麻绳，我也要弯弯腰捡起来，顺路给交到材料库去……回到家里，砍倒小榆树，做了这榆木杠子。修完水库，它也折不了。扛回家去，还能挑东西。指着这杠子，也能说说修建水库这个大工程里的故事。

第二天，工间休息之后，有的小伙子起来得慢些。五老组里，年岁较小的、54 岁的张玉廷，挑起了 4 个筐子。

五老一个跟一个，都挑上 4 筐。

五位老将，肩上颤颤悠悠，脚下稳稳当当。前后一走，小伙子们不禁齐声喝彩。一鼓劲，有的抢着挑 6 筐，有的笑着挑起大抬筐来了。刹那间，整个中队赛起挑多挑快来了。

这位张玉廷老人，牙齿已经剩下不多，两腿爱发酸发木，可是腰板很直，不论天寒地冻，还是烈日炎炎，

都挡不住他的谈笑声。

张玉廷过去打竹板，唱莲花落，四乡讨饭吃，也有30多年。直到解放，才回到家乡安下家，分下地分了房，可是侍弄得不好，在乡政府的册子上，年年落下个"救济户"。人们说他是自由惯了的，散漫性大。

可是这两年参加了合作社，一有外活，像修建飞机场，张玉廷却抢着报名，得了个模范回来；修建西山公路，他非去不可，又得了个模范；这回修水库，他高兴得像年轻了10岁。

他特别喜爱这种大集体的劳动，喜爱这种组织紧密的集体生活。为什么？因为这几年在合作社里，他由"救济户"变成"存钱户"，从集体劳动中，真真体会到社会主义大家庭比什么都亲。

张玉廷烧了竹板，别人劝他拿莲花落当做文娱活动，他不爱，说唱起来心烦。别人请他说说30年的流浪生活，他不愿说。

可他是个喜欢高声说笑的人，爱说的是十三陵上的古老传说："杀十龙，灭九龙，腰斩三段。""九龙池，九个姑娘使九口金锅，扣住九龙头。"

他更爱说工地上的新鲜事，他说"五老、五小、七姐妹和十八勇士"，个个可以编一部书。

第三天，在4个小时里边，五老完成了8小时任务的114%。

第四天，有五个十六七岁的小伙子，成立了"五小组"，立刻找上五老宣战。

战场不让步，一天下来，五老干了个259％。五小也不软，干了223％，但还是输了。

五老里边，有两位是亲哥儿俩：罗德良和罗德青，都是老菜农。哥哥会钻研，园子地上有办法。弟弟性格"蔫"，不急不忙，手不识闲。

问他们累不累，老哥儿俩说：

要说不累，到底上了年纪了，回到家里，胳臂、腿有些个酸酸的。要说是累，不知怎么回事，到了工地上，哪觉着酸哪里会疼？不知哪里来的劲儿，满筐，堆尖，双筐。心里热腾腾的，恨不挑起来飞。不知怎么回事，就没有个累字。

第五天，五老、五小跟妇女们在一边，青年民兵们在另一边，两边手传土筐上坝，展开大场面的竞赛。

五老看见土筐不满，喊道："消灭半筐！"

张玉廷牙疼，夜里只睡了两个小时。人们劝他歇歇，他叫道："轻伤不下火线。"

一天口号不绝，两边都完成所分任务的两倍多，老少妇女没有输给壮小伙子们。

组织竞赛的人里边，有一位是五老组组长，也就是中队里的小队长，名叫杨振。

五老都是昌平南关村人。

杨振是共产党员，搞合作化时，他领头办了个小社，后来领着小社并入大社。

苏联人造卫星上天时，几个大社又联合成大大社，他们就取名叫"卫星"。

五家都受过大半辈子苦，1938年下涝雨，没吃没穿，杨振带上一家子，逃荒在外，一家得病，差点儿撂在外边了。

杨振说：

> 要是没有解放，这几把老骨头，都支不起架子啦。要是没有合作化，农民想都不敢想修这么大的水库，要问五老哪里来的劲头，这是怎么回事，一句话：社会主义好。这就是老农民奔社会主义的劲头。

这天，毛泽东来到工地。

使榆木杠子的吕连玉挑土回来，笑得像孩子一样，拍着榆木杠子跟四老说：

> 我可见着毛主席了。我跟他老人家一般年纪，我看见他在铲土，他看见我挑着这么一担。我冲着主席招手，主席冲着我招手。我冲着他乐，他老人家冲着我乐。

杨振叹道：

要不是社会主义，还能有这样的事？

这天，五老挑水泼土，歇晌的时候一歇也不歇，别人休想从他们的肩头摘下挑子来。

五天苦战，五老名扬工地。

中学生意气风发义务劳动

1958 年 2 月 3 日早上，北京铁路第二中学的学生们个个都高高兴兴地背着大行李包前往西直门火车站，到十三陵水库参加义务劳动。

火车开动了，车厢内充满了歌声。谁都希望快点到昌平参加十三陵水库的修建。

火车慢慢地停了，"昌平站"三个大字出现在眼前，同学们沸腾起来："到啦！到啦！"

行李一件件拿下来了，队伍排得长长的，向昌平镇进军。

昌平镇距昌平车站有 5 公里地，对那些没有经过锻炼的学生来说，这不是一个短距离，背着行李走这么远的路，对他们来说是一种考验。但同学们互相鼓励，互相帮助，大个帮小个，男生帮女生。

"小伙子们加劲走呀！水库离我们不远了，水库等待我们！"宣传组的同学在鼓励着大家。

队伍在前进，北京铁路第二中学的校旗在队伍前面迎风飘扬，整个队伍向前看不到头，朝后见不到尾。

当时昌平镇的四周均有城墙围着，看上去城墙老得很，已经不像城墙了。墙根下面是从城墙上掉下来的砖和土，比较破旧。他们住的地方是昌平区工业联社的办公地，这里的房子是很好的砖房，石灰地上已经铺好5指厚的稻草，暖得很。

清早，嘹亮的号声响起，其实不是号声将他们唤醒，而是他们早早醒来等待着号声。他们是多么想早点到工地上投入战斗呀！

同学们有这样的决心，一定要把十三陵水库修好，在劳动中锻炼自己，所以根本就睡不着，一听到号声，便迅速穿好衣服前去洗脸，用的是抽水机抽上来的水。严冬的凉水冷极了，毛巾出了脸盆被寒风一吹就冻成冰布条了，冷水洗过的脸，遇到刺骨的寒风感到疼痛难忍。天气是寒冷的，可同学们的心是热的，大家迅速地把脸洗完。

吃饭是在一个大院子里，当然没有在学校或家里吃饭的环境好，没有桌子，没有凳子。打好饭之后大家围在一起吃，有时阵风还把一些沙土粒吹进碗里。吃罢饭，同学们集合列队直奔十三陵水库工地。

当同学们经过一个不太大的村庄时，看到了写在墙上的很多大字。这字不是标语口号，在东墙上写着"东墙"、"这是东墙"。

开始时同学们认为，这是为了使路过的人去水库不迷失方向而写的。同学们又见到在土墙上写着"土墙"、"这是土墙"，在石头墙上写着"石头墙"、"这是石头墙"，墙角处写有"这是墙角"，墙根处写有"这是墙根"，枣树上写有"这是枣树"等字，门口写有"门口"。

这村满街均写有这些字，渐渐使同学们有些迷惑了，辨别方向又何必写"门口"、"墙根"之类的字呢？人们难道不知道什么是"墙根"、"土墙"、"石头墙"吗？显然不是。

原来，新中国建立之初，中共中央、国务院郑重提出"扫除文盲是我国文化上的一大革命"。扫盲活动在农村蓬勃兴起，这是农村里的新气象。农民在很忙的冬季，忙着修水库、积肥，他们没有专门时间集中起来到识字班或夜校学习文化。因此，只好这么办。

这是农民学习文化的窍门。农民可以随时结合实物来认字，这样学得快、认得清、记得牢。

队伍到达工地时，受到民工们的热烈欢迎。他们向同学们招手，表达他们的决心和心情，"一定要把十三陵水库修好"。

水库指挥部的一位负责同志向同学们简单地介绍了一下水库的工程计划："十三陵水库的工程主要是在这里修建一个拦水坝，西边是三个输水管，东面是一个引洪管道，洪水多时我们就叫洪水顺引洪管道流出去，保证水库的安全，我们的任务就是修建拦水坝。"

之后，工具保管员带学生们到工具仓库去领大家所需的"战斗武器"，即筐、扁担、镐头、铁锹等。

工具很多，每个人要往返几趟才行，而且带着这些工具要经过一条小溪。

　　小溪较宽，溪中零星地放了一些石头，过溪就踩在这些石头上过，所谓的桥只是几块石头，它们微微露出水面。通过它真是一件悬事，拿着东西更要小心，一不小心就会掉到冰冷的河水中。

　　走过去的同学为了后面同学的安全，他们开始建桥，眼看大石头一块一块地铺到河里，一个较牢固的石头桥便露出了水面。到了对岸的同学主动再回来接应其他同学。

　　一不注意，有位叫段进斋的同学手就受伤了，但他没有吱声，仍在默默地坚持着工作。

　　拿工具的同学在工地刚一露面，工地上的同学就迫不及待地拥过来领工具。

　　劳动开始了，负了伤的段进斋也拿起大镐抡起来。镐一上一下，在阳光下一闪一闪地发着光，但地上的冻土只是一个一个白点，真是太难刨了。

　　经过同学们的不懈努力，冻土松动了，一大块一大块地裂开。同学们将这一大块一大块的冻土块朝筐里搬。

　　一般来说，干体力活要热身才行，以免把身体压垮，但是担土的同学不是，总是嫌筐里的土少，还在一个劲地喊："放呀！再放一点！把那块大的再放上。"

　　当这一次土筐里的土比上一回多了一点时，担土的同学脸上才表现出了满意的样子，高高兴兴地挑起筐走了，边走边说："这一回还差不离，这才对得起我。"劳动是艰苦的，但也是愉快的。

大家热火朝天地干着，不知不觉军号响起，到吃午饭的时候了，同学们都说"快搬，再担最后一次"，真是争分夺秒。

午饭是一人两个窝头，一块咸菜，年轻人有三四个窝头的饭量，俗话说"半大小子吃死老子"，同学们正是半大小子的时候。

伙夫是第一天送饭，对同学们的饭量不了解，送得少，每人两个窝头进肚，还是不饱，还想吃，但是没有了。女同学吃得少，这时她们就主动匀出一些分给男同学，发扬互助精神。

虽然中午只吃了两个窝头，但大家没有怨言，下午的劳动热情比上午还高。在保证质量的基础上，数量也在不断地增长，下午挖的土方比上午增加了一倍多。

晚上，昌平领导、十三陵水库工程部的负责人给学生们又详细介绍了水库的情况："经过这次农村的大辩论，农民真正认识到了，只有把旱田变为水田，这样农产品产量才能提高……"

到了夜里，再一看挑土同学的肩膀，紫红紫红的。第二天，他们在肩上垫了一块棉垫，就舒服多了。虽然劳动十分艰苦，但同学们都感到能参加十三陵水库的建设非常光荣，能为北京市的社会主义建设出点力，感到非常骄傲。

群众会战

老少英雄组改装推土车

在十三陵水库工地上，飘扬着无数面红旗，就像黑夜天空里的星星一样，迎风闪烁着。在这白天的星星里面，有一颗特别红的星星，这就是工地上谁都认识的一面红旗，名叫"老少英雄旗"。

举起这老少英雄旗的，是几十个四五十岁的农业社员和几十个10多岁的红领巾。他们都是一个村里的。

他们老的推车运土，少的背着绳拉车，有父子组合的，叫父子车；有父女组合的，叫父女车；还有一个由少先队中队长杨春水和李老师的特别组合，叫"师生车"。在这个老少英雄队里，就数"师生车"干得最棒。

李老师带着杨春水，刚来到水库工地，就快过"五一"了。他们不仅每天干着活，而且每天还在休息的时候进行学习。他们还发动老少英雄队向全工地提出了迎接"五一"的竞赛。

在竞赛中，他们又被全工地1万多名民工评为第一名。这个队从此就名声大了，队里的老老少少更是干劲大增。

但是不久，大家却发现杨春水有点儿不对劲，他干活和学习倒还是很好，就是忽然不说话了！这是怎么回事呢？

一天中午休息的时候，杨春水召开了队员会议。李老师也参加了，老民工们也有列席参加的。

　　就在这个会上，春水说出了他的一桩心事。他说："队员们，'六一'快到了，过了'六一'，咱们也就要到村里去学习了。可咱们该拿什么礼物献给'六一'呀？"

　　人们讨论了一阵，春水又说："我想了好些天，想着咱们迎接'五一'，是在工地上猛干，可'六一'要还是这样，那不是太保守太没进步了吗？咱们能不能拿点更新的礼物送给'六一'啊？"

　　说完，春水又要李老师和大爷大伯们也给帮着想想主意。

　　可是，讨论了好一阵，也有人出了些主意，但大家觉得不够满意。而且，正在这时，杨春水偏偏还碰到了一件烦心事。这就是他爹从外边回到了家里，给他捎来封信，希望他回去一趟。

　　有个队员问春水："中队长，你回去么？"

　　春水说："大家都在紧张地劳动，我怎么能回去！我还得写信批评我爹！"

　　有个女队员就说："那好啊！那咱们还接着讨论吧！咱们都发挥发挥钻劲，想想好主意吧！"又说："咱们能不能把这土车改造一下，改造得更轻巧些呀？"

　　这是个好主意。可是，谁也想不出土车该怎么改造。只有杨春水忽然高兴得差点没又蹦又跳地喊叫起来，因为他忽然想出了个献给"六一"的好礼物。

后来上了工地，他有说有笑地一直干到 21 时。刚一下工，就忽然请了个假，十分高兴又十分紧张地跑回家去了。

水库离家 4 公里，杨春水像在练长跑似的，简直是一口气就跑到家里。

杨春水回到家里，家里黑洞洞的。叫了两声，只有他妈答应。原来哥哥和嫂嫂都上了地里。爹呢？还有他要找爹的一件好东西呢？

原来爹也带着那件好东西上了地。他就连忙往地里跑。看见爹，见到了爹的那件好东西，拿上就要走。那好东西就是爹的自行车。

爹对他说："我原是要去水库上参加义务劳动，捎带也去看看你的。可是，村里农业社任务也挺紧……"

春水没说别的，只说了说他要用自行车的充分理由，并说："爹，你正在学习，工作不多，也不下乡，这自行车就给我……"

爹没有听他说完，就让他把车拿走了。

杨春水总算拿到了自行车，飞快地骑上它就回到了水库工地。

原来老少英雄队的人们，都知道春水是回去干什么的，都没有睡着，都在等他。

他一回来，人们哄一下就都干起来，并且照着他的主意，把自行车的两个胶轮卸下来，同时也把两辆土车上的木轮卸了下来，再把胶轮安在土车上。

人们又都忍不住把胶轮土车推了出去，装上土，一个一个都推了推拉了拉。

这胶轮土车就是轻巧，跑得快，装上更多的土都比木轮车轻快。

这老少英雄队的人们，乐得都不想睡觉了。

第二天，两辆胶轮车正式上工运土。

根据杨春水的提议以及李老师和红领巾们的意见，一辆交给最先进的人推，这是为了奖励他们；一辆交给落后的人推，这是为了督促他们赶上先进。

工地广播一大早广播了杨春水的事迹，并且说，这是杨春水和队员们给"六一"的献礼。

各个民工队都派了人来参观老少英雄队，参观红领巾们献给"六一"的胶轮土车。这个队的人干得那个起劲啊！

单说杨春水和李老师，他们的空车还没回到装车的地方，装土的就铲起土来迎上去装车；空车刚放下，杨春水和李老师也抢着装土；土车装满了，还要在土尖尖上再搁满满两只土筐。

李老师刚刚扶起车把，杨春水就已经把土车拉动起来，接着就像绷紧的弹簧一样，一个劲儿往前猛跑。

落后的人推上一辆这样的车，一眨眼就赶上了先进，于是他们又把那辆胶轮车换给另外落后的人用。

所有的木轮车也都比往日装得多，比往日跑得快。

这个队的老老少少，真是热情高过天，干劲比 12 级风刮得还猛还大。

参观的人更是高兴得喊破了嗓子，他们叫嚷道："好啊，看这一群大老虎小老虎啊！"

"这跑得真要赶上飞机啦！"

人们越喊叫越鼓励，老少英雄们干劲越高。他们都不说话，都狠狠地憋住气硬干。

只是有一回，杨春水在拉着空车的时候，对参观的人说了几句话，他说："叔叔大爷们，咱们可一不是老虎，二不是飞机。咱们的决心是要当火箭，要赶上苏联的第三颗人造卫星！"

人们都欢呼鼓掌。

人们参观了以后，就都想尽一切办法，借来数不清的自行车轮子，改装了木轮土车。大家都把这种胶轮土车叫做迎接"六一"的献礼。

工地指挥部还奖了杨春水和他的队员们一面红旗，这面红旗就叫"红领巾英雄旗"。

技术人员夜间测试坝基

黄昏到了，夜晚还没来得及拉开它的黑幕，灯光便亮了。在山头上，在河滩里，在人群密集的地方，上百盏水银灯、成千盏电灯射出耀眼的光芒，把这巨大的工地照得如同白昼。

在一片沙滩上，有几个青年和穿着大棉袄的姑娘，驾驶着6辆拖拉机，直线驶过来又驶过去，马达声轰隆隆响成一片。

在拖拉机驶过的地方有两个穿着蓝棉衣、戴着垂耳帽的小伙子，蹲在地上，提着一盏小马灯，拿着一把小刀似的器具，聚精会神、小心翼翼地在沙地上挖出巴掌大的地方，一点点地将沙子取到一个白瓷碟子里，然后把它送到一个坡前。

那里支着一口铁锅，下面烧着木柴，他们就把沙子倒在锅里，炒来炒去。

在锅旁边潮湿的沙地上伏着一个青年人，他把沙子仔细地称过，然后借着小马灯的亮光，用冻得僵硬的手指推动着计算尺，把数目记在本子上。

可恶的西北风越吹越大，不停地吹翻他的本子，他不得不屡次放下计算尺，去照顾本子。有时，他还得擦掉因感冒而流出的清鼻涕。

群众会战

他一动不动地趴在湿沙上，兢兢业业地干了一夜，黎明时还在那里。他是在测试"密实度"。

这里是水坝的坝基，将来每一平方米都要承受几万公斤的压力，有一小点地方耐不住，水就要渗透，拦洪坝就有被水冲垮的危险。

他们知道任务重大，同时也知道任务很急，因为只有经过他们的试验，认为"密实度"合格了，整个坝基的土方才可动工。

在工地指挥所里，有三间竹壁的活动房屋，房与房中间用苇席隔开。

靠右首的一间，灯光明如白昼，一个系着桃色头巾的女广播员，正在为工地的劳动者放送优美的轻音乐。

中间的房子里，几个队长围着一张长桌，正在汇报工作。

左首的那一间，一个穿着一套已经褪色的棉制服的中年人，他脖子上胡乱地缠着一套油污的方格围巾，忙忙碌碌和来找他的人解决技术问题。他是指挥所的工程师。

你如果想请他拿出更多的设计图纸给你看，肯定会大失所望。因为他只有一张图纸。

按理，建筑一座蓄水量达到 6800 万立方米的大水库，最少应有几十张图纸，加上附属设施，得几百张，而现在只有一张！

工程师说："觉得太冒进了吗？冒进的话，市委是不会同意拿着几百万个劳动日来赌博的。就拿解决透水问题来说吧，它是修水库技术上最大的问题之一，我们就有三种办法来对付它：一种是盖黏土铺盖；另一种是在坝基下做不透水墙；再一种是二者兼用。这一种不行用那一种，在群众热烈的劳动下，绝对能够保证拦洪坝的安全。"

23 时整，轻音乐停止了。广播员宣告要进行大爆破了。

这时，工地上像睡着了似的，除了万盏灯火仍然在寒夜中闪闪发光以外，不见一个人影，几分钟前工地上的那种喧腾，完全消失了踪迹。

23 时 10 分，在东山头上突然发出了惊天动地的一声巨响，紧接着东西两个山头像春雷一般轰鸣起来。火光闪闪，烟雾弥漫，碎石乱飞，大地在脚下震动，窗纸在背后颤抖。

爆破声刚一停止，接夜班的人就像从古代战场上埋伏起来的千军万马似的，从四面八方冲向工地。刚才还空旷无人的工地顿时沸腾起来，紧张的战斗又开始了。

工地建设者举行劳动竞赛

工地上人山人海，真让人眼花缭乱，仿佛置身于一个特大的竞技场。在堆积着鹅卵石的河岸边，插着一面粉底淡绿边的彩绸旗，上面绣着五个大字，即"妇女突击队"。

队员绝大部分是年轻的姑娘。她们担着土，头上红、绿的头巾随着步子在风中一闪一闪的，好像是无数朵鲜花在摇动，她们一面紧张地劳动，一面议论着要学习"七姐妹"。

在这群女性中，特别引人注目的是一位50多岁的妇女。她头戴黑绒帽，绒帽上又罩了一顶蓝棉帽，两个帽子耳朵像鸟的翅膀一样在她肩头扇动着，人们都叫她"唐老太太"。

这位唐老太太不但能"突击"，而且向全工地提出挑战："别瞧我老了，修水库出力气这件事，我可不把你们毛孩子看在眼里头。"她挑起土来又多又快，很多人跟不上她。

小伙子一看不得了，真要是落到一个老太太的后面可是下不了台。比！一定要和唐老太太比比！

于是，有人增加到一次挑4个筐，另外又有人追上去，一次挑6个筐。比赛达到高潮，山上山下响起一片喝彩声。

工地上还有这样的爷俩，父亲叫杨全信，女儿叫杨玉华。他俩一听说修水库，父亲对女儿说："女儿呀，你年纪小，你在家！"

女儿说："爹呀，你岁数大了，我去！"

你说你的理，他说他的理，爷俩争得面红耳赤，相持不下，结果都来了。

到了工地，父女两人肚子还憋着股气，杨全信年纪虽大，但不肯在女儿面前示弱；杨玉华年纪虽小，一心要在父亲面前逞强。父亲一天挑40筐，女儿就挑60筐；他一天挑80筐，她就挑120筐。爷俩的干劲轰动了整个大队。

在这蓝色的人海中，流动着穿红着绿的妇女。其中最引人注目的，是7个在一块劳动的年轻姑娘。

她们年龄最大的19岁，最小的14岁，一个个脸颊绯红、体格健壮，挑起几十斤重的土筐，像一阵轻风似的越到人们的前面去。这就是工地上有名的"七姐妹"。

这7个姐妹，并不是一母所生，张、王、李、刘、阎五个姓，她们有的小学毕了业，有的还在小学读书。虽然她们住在两个村，平时互不来往，可是一听说要修十三陵水库，好像有一根无形的线把她们串在一起。

她们谁也没和谁商量，不约而同地各自向生产队长请求参加修水库，不准！又请求，又未被批准。她们暗自把上工地要带的苞谷面推好，要穿的鞋锥好，再三再四向领导"磨牙"、"争吵"。

社领导没办法，这才批准了。

原先领导不让她们来，是因为她们年纪小、身体差，可是放到工地上一瞧，个个活赛穆桂英，无论铲、挑都跑到男子汉的前头，什么活重抢什么。

队领导怕把她们累坏了，想留下几个给伙房缝缝盖窝窝头用的小被子，借机会让她们休息一天。

她们却说："缝是缝，这可是白尽义务，不能耽误正活。"半夜她们把小被子赶缝了出来。

炊事员说："算了吧，大黑天到工地老远的，休息一晚吧!"

可话没说完，连她们的影子也看不见了。

她们有时摊白班，有时轮夜班，工作 8 小时，加上吃饭和路上来回两趟，一班要十二三个小时。

就在这样的繁重劳动后，她们回到住地，还在一起读报，互相鼓励，彼此批评，还给男队员缝缝补补。

就这样，"七姐妹"的名声在工地上传开了。

四、 胜利竣工

● 陈毅在赞颂十三陵水库的长诗中写道："为问谁是建设者？答曰工农兵学商。"

● 十三陵水库的建成，开创了农田水利建设的新局面，不仅洪涝灾害基本解除，也为农田灌溉奠定了基础，使农业生产得以迅速地发展。

● 十三陵水库的建成，终于让洪水在东山口停住了脚，听从了人们的指挥，使灾害变成了幸福。

十三陵水库胜利竣工

1958 年 6 月 30 日，经过 160 个日日夜夜的艰苦奋战，东起蟒山，西依汉包山，长 627 米、高 29 米的十三陵水库，在党中央、毛泽东和周恩来的关怀领导下，在老一辈革命家和广大建设者的共同努力下胜利竣工。

7 月 1 日，在水库大坝中央，举行了落成典礼，陈毅为水库剪彩，彭真市长到会讲话表示热烈祝贺。

10 万水库建设者和北京来的剧团、歌舞团等，一起在坝上坝下载歌载舞，欢庆胜利。

入夜，灯火辉煌，五颜六色的焰火腾空而起，把水库照得五彩斑斓。

至此，全体参加水库劳动的建设者们为党的三十七周年生日献上了一份厚礼，为新中国的社会主义大厦奠定了一块基石，也是为以毛泽东、周恩来为代表的老一辈革命家的领袖风范，为人民群众改造山河、创造人间奇迹的英雄气概树起了一座不朽的丰碑。

据统计，分批分期来水库工地劳动的约有 40 万人，其中有党和国家领导人；有国家机关和市县机关干部；有驻军解放军、大中学校师生、郊区农民、厂矿技术工人、财贸职工、文艺工作者、作家、诗人；还有外国来宾，各国驻京的外交使团、国际友人等。

粗略地统计，参加修建十三陵水库的党政军民、工农兵学商，不下40万人，这是水库工程能够高质量、按设计完成的重要保证。大家在一起战严寒、斗酷暑，以最大的干劲投入战斗。从领导到群众，从军官到士兵，上下一条心，一股劲，一定要修好水库。

　　正如陈毅在赞颂十三陵水库的长诗中写道：

坝堤远望半天横，近看斜壁数十寻。

四十万人大会战，巨工五月便期成。

水库揭幕耀辉光，参加劳动姓字香。

为问谁是建设者？答曰工农兵学商。

部队参加修水库，优良传统大发扬。

军民共矢移山志，犹似当年在战场。

星月淡淡上工地，赤日炎炎午不回。

万众突然齐呐喊，中央同志劳动来。

外宾结队荷锹至，各国使节挥汗忙。

对我同情应申谢，一分劳动一分光。

人民定都傍燕云，八载建设真辛勤。

接连水库挨班次，官厅怀柔到明陵。

京郊从此水归槽，旱涝无忧慰尔劳。

处处农田排灌好，多快好省看新苗。

水利工程大中小，土洋结合到处闻。

期年全国水利化，岂止一处十三陵。

全国各项皆并举，百花齐放大争鸣。

政治务虚已卓绝，劳动锻炼最惠人。
几处汹汹布战云，我以建设奠和平。
任何局势可扭转，掌握命运在人民。
天上星月正交辉，地面红灯夜不吹。
此是庆功欢乐夜，万人歌舞不须归。
风吹水动生云气，四面峰峦罩落霞。
江山信美真吾土，花开遍地看中华。
六亿人口世无俦，打败群顽如水流。
而今对准自然界，上天入地逍遥游。

彭真在竣工典礼上讲话

1958年7月1日，在十三陵水库上举行了水库竣工典礼，北京市市长彭真发表了热情洋溢、鼓舞人心的讲话。他说：

现在，我们庆祝十三陵水库的建成。这座水库，曾经有些人认为我们不能在洪水季节到来前建成，可是由于我们大家鼓足了干劲，和有关地方、单位的积极协作与支援，克服了各种困难，终于在洪水到来前建成了。这是我们首都人民在党的领导下，在社会主义建设事业的跃进中，取得的巨大胜利之一。现在庆祝我们的胜利。

十三陵水库是我们用光荣的义务劳动，大家用自己的双手，经过了160个昼夜苦干建设起来的……大家在义务劳动中表现了伟大的共产主义的精神和风格。只要我们在社会主义建设和改造的各个战线上，都继续发扬这种苦干精神和高度的积极性，都坚持鼓足干劲、力争上游、多快好省地建设社会主义的总路线，我们就一定能够在主要的工业产品产量方面，提

103

前赶上和超过英国，一定能够尽快地把我国建成为一个具有现代工业、现代农业和现代科学文化的伟大的社会主义国家。

彭真特别提到说：

我们的人民解放军是这次建设工程的主力，他们不仅是战斗中的英雄，也是劳动中的模范，社会主义建设中的模范。

在那些战斗的日日夜夜，涌现出许许多多可歌可颂的事迹。

在这个工地上，涌现出了众多英雄模范人物：有单臂英雄李世玺，永不知疲倦的老党员肖德芝，钢铁突击队十八勇士，七姐妹，九兰组等；先进集体有3万个，各种劳动模范和先进工作者2万多名。

水库收尾阶段，总指挥部布置了各单位的评功授奖活动。

中央国家机关指挥部所属有6个大队荣获了"先进大队"的称号，24个中队和329个小队获得了"先进集体"的奖状。

8月4日，国务院机关事务管理局召开大会，向参加十三陵水库义务劳动的各机关单位颁发了由北京市委、市政府和十三陵水库建设总指挥部授予的锦旗，并召开庆功表彰大会。

在水库建设的那些日子里，领袖与人民水乳交融，体现了艰苦奋斗、众志成城的伟大民族精神和人民群众建设社会主义的巨大热情，为后人留下了一笔宝贵的精神财富。

十三陵水库的建成，开创了农田水利建设的新局面。广大的农民群众在党和政府的领导下，遵照毛泽东"水利是农业命脉"的教导，把兴修水利当成发展农业生产的关键。十三陵水库建成后，不仅洪涝灾害基本解除，也为农田灌溉奠定了基础，使农业生产得以迅速地发展。

人民创造了一个奇迹

十三陵水库是党和政府发动群众采用义务劳动的方式修建的。拦洪大坝、进水塔、输水管道、发电站、溢洪道，是十三陵水库全部的枢纽工程，总库容 8100 万立方米。

全部工程共完成土石方总工作量 296 万立方米，用工 870 万个工作日，投资 1686 万元。但它的全部造价只花了 400 余万元，主要用于拆迁安置 5 个村的农民及修水库的用料、用电、用油和工具等。

这个离北京城 50 公里的巨大工程，按常规，勘测、设计、准备和施工需要几年，但在建设社会主义的高潮中，北京人民以极大的劳动热情投入十三陵水库的修建。通过边勘测、边设计、边准备、边施工的方式，只用半年的工夫，建设就完成了。

等待失败的人落了空，农民们殷切盼着制服洪水的愿望实现了。这是一面鲜红的旗帜，显示了中国人民扭转乾坤、气吞山河的英雄气魄。

这样大的水利工程，先后动员了党、政、工、农、商、学、兵等 7 个方面的几十万人，用义务劳动的方式，从勘测、设计到施工、完工，只用了 160 个日日夜夜，就建成了这座宏伟的十三陵水库，这不能不说是一个人间奇迹。也只有在中国共产党的领导和感召下，人民群众才能创造出这样的奇迹。

在那个年代里，兴建水库，没有大型的挖掘机、大吨位的载重车，每天在水库工地劳动的有 10 多万人，向大坝运土近 5 万立方米。劳动者们有的只是简单的锹、镐、钢钎、竹篓、土筐和扁担，独轮车和排子车在工地上已是先进工具了。再有的就是全体劳动者高昂的斗志、火热的激情和冲天的革命加拼命的干劲。

来到水库工地，看到的是 10 万人的劳动大军汇成的人的海、歌的潮、旗的云。

无数人流组成的扁担队、小车队像潮水般一上一下地扑向大坝，无论是多拉快跑的民工壮汉、铲土如飞的年轻士兵、凿石运料的机关干部，还是挑起扁担英姿飒爽的年轻姑娘，大家全都抱有一个信念，凝成一股力量，那就是争先恐后、你追我赶地尽快建好大坝，建成水库，为祖国的社会主义建设多作贡献。

水库工地上那千军万马、红旗招展、热火朝天的劳动场面，让每一个身临其境的人都永远难以忘怀。

让外国参观者大为惊叹

工程艰巨、气魄宏伟的十三陵水库建成了，这是我国许许多多社会主义建设花朵中的一朵奇葩。参加水库建设的中国人民，以他们无比的干劲和智慧，不仅感动了中国，也震惊了世界。

任何来到十三陵水库的拦河坝上，俯视过那一片广阔的工程地带的人，都不得不为那10万劳动大军热烈修建水库的伟大场面所感动。

澳大利亚共产党代表团团长约翰逊就站在这坝头上说过：你们在这儿修水库，对我们来说是一个很大的支持，因为你们所做的事业不仅仅是一个土坝，而是一种具有国际政治意义的事业。

这绝不是约翰逊这一位外国朋友的观感。

人类最伟大的情谊，是透过共同的理想和为这个理想而献身的具体劳动来体现的。在29米高、627米长的十三陵水库拦河大坝上，就有来自苏、朝、保、捷、阿、蒙、越、罗、德、匈、波等多个国家驻华使节和使馆人员亲自用他们的双手铲起的泥土。他们说："这是我们的事业！"

揭开外宾的留言簿，我们经常可以看到这样的字句：

这是 20 世纪世界上的奇迹。

这个工程将是世界奇迹之一。

…………

是的,这的确是个奇迹,是一首劳动人民亲手创作的美丽诗篇。

苏联科学院主席团委员涅姆钦诺夫院士曾表示:这么大的工程完全靠你们自己的双手来建设,真是感到非常吃惊。这么大的工程,又是用那么短的时间来完成,真是使人难以想象。我越看越爱看,越爱就越使我不能平静,人民的力量决定一切,人民做了主人,想干什么就干什么。

十三陵水库工程,曾以它的神速和巨大的规模吸引着无数外来旅客,成为国际访华友人注意的中心之一。很多外宾一次又一次地来到工地,他们热情地关心着工程的进展。

不论是来自亚洲的朋友,或是欧洲的客人,他们之间有不少人都有一种相同的感觉:在十三陵工地上发生的事情,是由于这个国家的人民当了家做了主。

印度印中友协代表团团长表示:只有一个自由独立的国家,有着正确的领导,才能热情地工作。对所有落后的国家来说,中国是一个榜样。

当然,也有的人原来是抱着怀疑的态度而来的。英国《每日快报》编辑艾利斯就曾怀疑过十三陵工地上建设者自觉的热情。然而，在事实面前，他不得不在拍回国的电讯中写道：

> 这些中国人正以一种罕见的热情在进行工作。这是人民对共产主义的一种真心的热情。

法国共产党总书记多列士的夫人表示：当水库建成的时候，你们在这儿庆祝它的落成，我们法国的工人兄弟也一定在巴黎举行庆祝仪式。

正由于这种共同的革命情谊，罗马尼亚农业代表团包艾罗团长兴奋地表示：我们将和你们一道来庆祝水库的建成，共同享受社会主义建设的成果。

保加利亚驻华大使涅加尔科夫在参加义务劳动后也表示：我们和你们一起修水库，是为了社会主义和共产主义理想的实现，是为了我们的共同奋斗目标。

这一切都是非常鲜明的。十三陵水库建设工程的政治意义，远远超出了它所灌溉的 25 万亩田地的实际价值。它在国际间的不同凡响也不是偶然出现的。因为这一项水利工程集中、生动而具体地反映了中国人民势如破竹的革命精神；反映了破除迷信、思想解放了的劳动人民建设社会主义的冲天干劲。因此，它就必然引起国际舆论界的注视。

修建题词纪念碑

　　十三陵水库完工了，横卧在蟒山和汉包山之间的水库拦洪大坝，就像一座突起的新山堵住了东山口。不管人们从西面、南面或东面来到大坝的背水面，迎面就能看见毛泽东题的"十三陵水库"5个大字。

　　这字是用雪白的大理石，镶在紫色的安山岩护坡上的，显得十分壮丽雄伟。这5个大字写出了中国人民顶天立地的志气，表示出领袖对我们国家建设的关心。无怪乎接到镶嵌这5个大字任务的石工、战士、民工、干部和学生们，都感到无限的光荣和幸福，他们干活是那样地精心。

　　看到这闪闪发光的5个大字，谁的心情能够不激动。

　　在大坝的北面，即迎水面，是由乳黄色的花岗石和卵石砌成的护坡，坡前有300米长的黏土铺盖层，像一条长舌头伸展在水库的库底，它的作用是防止水库的渗漏，也保护着大坝的坝基。

　　从黏土铺盖层顺着坝坡往上看，开始坡度较缓，到中腰坡度转急。在99米高程处，出现5块两米见方的大理石，高高地镶在护坡上。毛泽东的题字就由手艺高超的老石工给刻在这上面。

　　一眼看不到头的大坝坝顶，车来人往，畅通无阻。

在迎水这一面，坝顶上用花岗石筑起一米高的防浪墙，当奔腾的洪水呼啸而来，怒吼的狂风掀起汹涌的波涛，向大坝展开无情袭击时，这防浪墙将巍然而立，不让浪花飞上坝顶，保护坝顶安然不动。

防浪墙上每隔40米有一个礅座，座上面竖起了银灰色的灯柱。当夜幕降临，这灯柱上的灯火齐明，它照耀人们顺利地通过大坝。从遥远的深山和平原，也都能看到这一串高高的明灯，它带给人们以无限的喜悦和希望，告诉人们这里就是雄伟的拦洪大坝。

在坝顶的背水面，也有一截用花岗石砌成的矮墙，比北面的防浪墙矮一半。行走在这大坝上的人们举目四望，可以感到胸襟开阔，心旷神怡，坦坦荡荡。

为纪念新中国水库修建史上的伟大奇迹，人们在水库东侧修建了一座同时镌刻着毛泽东、刘少奇、周恩来、朱德题词的大型纪念碑，正面为毛泽东题写的"十三陵水库"5个大字，北面为刘少奇题写的"劳动万岁"，东面为周恩来题写的"鼓足干劲、力争上游、多快好省地建设社会主义"，南面为朱德题写的"移山造海，众志成城"。

碑顶端为水库建设者群像，基座上镌刻了郭沫若的词作《西江月·颂十三陵水库》。这首词写道：

改变自然面貌，造成湖水山腰。

高堤大坝锁长蛟，不准龙王乱跑。

勇士堂堂十八，光荣榜上名标。

英雄人物看今朝，十万大军欢笑。

领袖带头挖土，人民不亦乐乎！

三山五岭齐欢呼，苦战何能算苦？

要与洞庭比美，昆明湖水不孤。

煌煌五字垂千古，曰"十三陵水库"。

东坝头的南面有一块平坦的地方，这里原来有一座石砌高台，就是当年水库施工中的现场指挥所，毛泽东就是在这里给十三陵水库题字的。

在这个有意义的地方建有一座陈列馆，修建十三陵水库以及有关所有有价值的历史资料，都陈列在这里。

这大坝是一座黏土斜墙式大坝，底宽179米，是我国已经建成的第一座黏土斜墙式大坝。

就是这座大坝，像一个钢铁的巨人，挡住上游200多平方公里面积的山洪。它能使良田免受水灾，使这里的洪水由水害变成水利。这里的水可以调节气候，让风沙到这里大减威风，也可以养鱼，每年产鱼可达125万公斤。

在靠近大坝西头北边的水库里，耸立着一座高高的建筑物，这便是进水塔。水库里的水由这座塔流进去，经过输水管道，便可以流进发电站。

这电站是水库的一颗夜明珠，在黑夜能照亮附近的山谷和农村。这电站是原动力，在白天可以让附近原野和工厂里的机器转动。

水库里的水顺着输水管流入灌溉渠道，便可以进行灌溉。

这里一共有一条总渠和 5 条灌溉的干渠，经过用这里的水灌溉，有 8 个乡实现了水利化，7 个乡可浇一部分田地，共浇地近 25 万亩，每年可以增产 2500 万公斤粮食。这些地如果用井水灌溉，最少也需要打 2 万眼井。

在大坝的西头，有一道和输水管平行着的大深沟，这便是溢洪道。每当洪水超过水库容量时，洪水便可以由溢洪道流出。由于有水库的调节，即使是 200 年一遇的山洪暴发，每秒流量 2200 立方米，也可以把它控制到每秒流量 610 立方米，从而减轻对下游的灾害。

十三陵水库的建成，终于让洪水在东山口停住了脚，听从了人们的指挥，使灾害变成了幸福。

建成多功能生态旅游景点

这个水库在群山环抱之中，主要的山有蟒山、龙山、虎山、凤凰山，在这一片广阔的山区，单是前山就有 5.8 万亩宜林面积，加上后山宜林面积达 20 多万亩。这些山都已经绿化了，种了常青树，也种了花果树；种了快长树，也种了慢长树；种了乔木，还种了灌木。

现在，这里已是玫瑰成谷，樱桃成沟，苹果满园，桃杏成林，九龙池畔翠竹成湾，半壁山前荷花争妍。人们要向这里要干果鲜果，要蚕吐丝，要蜂酿蜜，要牛羊乳品，也要兔子的毛……

在这样一个有山有水的地方，既有绿树成荫，又有果树成行，梨花白过腊月雪，玫瑰花随风飘香。它不仅有重大的经济价值，也是一个极端吸引人的美丽的地方。

水库东面有三泉池，水库西面有仙人洞，在半壁山上能看日出月出的奇景，水上英雄可以在大宝山下的游泳场里游泳。

为了迎接游客，这里还修建有合用的旅舍、茶馆，开设了出卖土产土物的商店。

大坝顶端修筑了美丽而具有古典建筑风格的游廊，廊中设有工艺品商品及冷饮店、小吃部等。大坝两头有游船码头，为游客乘船提供方便。

这里还有九泉并流的九龙池和如长虹般横卧的七孔桥；有可供万马奔腾的跑马场和肃穆庄重的皇帝陵墓。

最值得一提的是这两个地方：一是德胜口，一是锥石口。锥石口有天然优美的景物，晴天山色无限好，山有远有近；阴天天色无限妙，登上山巅还可以遥看拦洪大坝的全景。

此外，这里还建有夏令营、游泳场、垂钓区，孩子们在这里能了解到有关大自然的知识，也能锻炼勇敢坚强的性格。德胜口山势惊险，有奇峰异景，有名的电影《智取华山》，就曾在这里拍摄悬崖绝壁的外景。人们还在这里蓄水用来养鱼、划船；在这里开辟共青团夏令营，度过炎夏；在这里爬山登高，锻炼身体。总之，在这个地方，有众多各具特色的景点。

不用担心这些风景点有的深在崇山峻岭、分布在四面八方、路途遥远不易游逛，这里修建有平坦的马路，把所有的景点连接在了一起。水库四周垂柳如丝，繁花似锦。坝内碧波粼粼，鱼翔浅底；坝外果树成行，春华秋实。每当东风吹起、燕子飞来的时候，这里便是碧波荡漾，鸟语花香，桃红柳绿，令人神往。

如今，在毛泽东和周恩来等老一辈革命家劳动过的十三陵水库，已发生了巨大变化。原本光秃秃的蟒山、汉包山等，已是苍松翠柏，郁郁浓荫，被开辟为国家级的森林公园。公园内有北京最长的登山台阶，适合登山运动。

从山南的公路盘山而上，可以到达山顶的彩绘长廊和天池。山腰有一个观景亭，游人稀少，结束一天的行程后，傍晚时分在这里观赏夕阳西下，美不胜收。

这里的天池是全国最大的人工天池，位于蟒山山顶，是十三陵蓄能电站的地上部分。

登上海拔 568 米的天池，可以看到十三陵水库和陵区的全貌，而且这里空气清新，被誉为"天然氧吧"。

本书主要参考资料

《国史全鉴》本书编委会编 团结出版社

《共和国五十年珍贵档案》中央档案馆编 中国档案
　　出版社

《共和国要事珍闻》郑毅 李冬梅 李梦主编 吉林文
　　史出版社

《十三陵水库》北京出版社编辑 北京出版社

《欢呼十三陵水库》北京出版社编辑 北京出版社

《毛主席在十三陵水库劳动》四川人民出版社编辑
　　四川人民出版社

《建设十三陵水库的人们》十三陵水库修建总指挥部
　　政治部编辑 作家出版社

《十三陵水库的故事》中国少年儿童出版社编辑 中
　　国少年儿童出版社